W0468250

DE LA PART D'HANNAH

LAURENT MALOT

DE LA PART D'HANNAH

roman

ROBERT LAFFONT

© Éditions Robert Laffont, S.A., Paris, 2014
ISBN : 978-2-221-13554-9

À Laurence M. et Denis G. pour leur amour de la littérature.
À A., A. et H. pour l'équilibre de vie.
À mes parents, pour tout.

Gavarnie, 1961

Début avril, un nouveau médecin s'est pointé avec mes radios et a décrété que j'avais rien aux poumons. Ça la foutait mal parce que ça faisait presque trois ans que j'étais au sanatorium pour une tuberculose ; le grand patron a préféré voir le bon côté des choses : j'étais guérie ! Guérie d'une maladie que j'avais pas, il y avait que lui pour s'en réjouir. Moi, ça faisait trois ans que je voyais pas Jimino, mon père ou ma grand-mère.

C'est donc ce jour-là que le destin a cogné à ma porte. Sans ce nouveau médecin, rien se serait passé de la même façon. Kaminski, il s'appelait, un Polonais ou un Hongrois. Il faisait la tournée des sanas pour vérifier que d'autres malades étaient pas là pour des prunes.

Pour m'annoncer que je pouvais rentrer chez moi, le grand chef m'a convoquée dans son bureau. J'étais contente parce qu'il fallait prendre l'ascenseur, et ça, c'était déjà l'aventure. Mais le mieux, c'est que son bureau était au dernier étage et donnait droit sur le cirque de Gavarnie. Même si on s'en foutait, on en prenait plein les yeux. Et si on demandait gentiment, on pouvait regarder la cascade dans sa longue-vue. Quatre cents mètres de dégringolade ! Même de loin et sans le bruit, c'était impressionnant. Et si nos radios ou nos analyses étaient pourries, on y avait droit d'office. Privilège du condamné.

Toujours est-il que, ce matin-là, je suis montée dans l'ascenseur avec Kaminski. Il avait sa blouse blanche et son stéthoscope et il a pas décroché un mot. Sur le moment, je me suis dit que ça sentait pas bon, qu'on allait m'annoncer un sale truc comme à Tambouille, l'année passée, quand on lui avait dit que sa maison avait cramé avec son frère dedans. J'ai ni frère ni sœur, mais j'aurais pas aimé que ma maison parte en fumée. C'était pas pour les deux mois par an que j'y passais, mais quand même.

Tout ça pour dire que j'étais pas fière. J'ai même pas profité de l'ascenseur tellement je me suis mise à cogiter sur ce qu'on allait bien pouvoir m'annoncer. Surtout que Kaminski, il avait pas une tête à aller à la foire.

— Hannah, profite une dernière fois de la vue, parce que tu vas nous quitter, m'a dit Tintouin.

Sur le moment, j'ai cru que j'allais claquer sous les trois jours. J'ai commencé à revoir à toute vitesse les gens que j'aimais, et puis quand même, je me suis dit que ça collait pas avec la tête qu'il faisait.

— Tu es guérie ! Tes radios sont propres, les analyses l'ont confirmé, tu n'as plus rien et tu peux rentrer chez toi.

C'est là que Kaminski a tiqué. Pas fort, juste ce qu'il faut pour que Tintouin lui fasse son regard de dragon. Avec ses gros sourcils montés sur ressorts, il foutait la trouille, sauf que Kaminski avait l'air de s'en foutre. Entre le jeune et le vieux, il y avait de la rivalité, et si j'avais eu un peu de jugeote, j'aurais pas posé de questions parce que c'était comme lancer un pétard dans un dépôt de munitions. Seulement, c'est parti avant que j'y pense :

— Ça fait combien de temps que je suis guérie ?

Je sais même pas pourquoi c'est cette question que j'ai posée. J'aurais pu demander si c'était définitif, quand j'allais pouvoir retourner chez moi, s'il fallait que je finisse l'année ici... Tintouin, qui en fait s'appelait Tatovin, a fait une drôle de tête, entre la tomate blette et le gars constipé.

— Je ne peux pas te dire exactement depuis quand, mais le fait est que tu l'es. Ton traitement, associé à l'air de Gavarnie, a rendu tes poumons comme neufs.

— Docteur, elle a le droit de savoir, a dit Kaminski.

Là, ça m'a un peu foutu la pétoche. Le ton de Kaminski était froid comme la glace et il était clair que ça allait se châtaigner.

— Docteur Kaminski, je ne crois pas que les détails intéressent une petite fille de dix ans.

— Vous voulez qu'on lui pose la question ?

— Non. Le principal est qu'elle est guérie. Elle n'a pas besoin d'en savoir davantage et ce serait de toute façon trop compliqué pour elle !

J'ai pas apprécié. D'une, Tintouin insinuait que j'étais trop nunuche pour comprendre, et de deux, j'aimais pas les cachotteries. Pour le coup, Kaminski avait raison : c'était à moi de décider si ça m'intéressait ou pas !

— De toute façon, elle l'apprendra un jour.

— Votre travail est de soigner les patients, docteur, pas de jeter le trouble dans leur esprit. Vous feriez plus de mal que de bien en révélant à cette petite fille une théorie que vous ne pouvez pas prouver.

— Vous savez très bien que je l'ai déjà prouvée. Vous faites de l'obscurantisme parce que vous ne voulez pas avouer que vous vous êtes trompé !

— Vos preuves sont vaseuses, Kaminski, tout comme votre conception de la médecine !

— Il va pourtant falloir vous y faire parce que la relève va être assurée par des gens comme moi, qui n'ont pas peur de remettre en question des pratiques vieillottes !

— Mon petit bonhomme, sans vos aînés, vous n'auriez rien appris du tout !

— Je n'ai appris que de ceux qui avaient l'esprit ouvert !

Pour la première fois en trois ans, Tintouin a pas su quoi répondre. Je voyais bien qu'il fumait de l'intérieur, et si rien en sortait, il allait exploser comme une vieille cocotte. Et moi, je savais toujours pas de quoi ils parlaient. J'ai attendu que la pression redescende et j'ai posé une autre question. Ils m'ont regardée comme s'ils avaient oublié que j'étais là, et d'un hochement de tête, Tintouin a fait comprendre à Kaminski qu'il avait qu'à s'y coller puisqu'il était si fort.

— Tu n'as jamais eu la tuberculose, Hannah.

J'ai rien compris. J'étais pourtant pas folle, on m'avait bien envoyée là parce que je toussais comme une dingue et que deux ou trois fois j'avais craché du sang !

— Il y a de fortes chances que tu n'aies fait qu'une coqueluche. Tu as aussi un foyer d'asthme, mais rien qui justifie de te garder ici.

Ma colère a jailli comme un geyser.

— Alors pourquoi on m'a collée ici pendant trois ans si j'étais pas tubarde ? J'ai une famille, moi, j'ai un père, j'ai Jimino qui voudrait bien venir mais qui peut pas parce que ça coûte trop cher ! Dites-moi ce que je fais ici si je suis pas malade !

Je crois qu'à la fin, j'ai fini par gueuler. Tintouin a regardé Kaminski avec son air de faux cul qui voulait dire : « Je t'avais prévenu qu'il fallait la boucler, maintenant, démerde-toi avec la môme. » Sauf que moi, je les mettais dans le même sac. J'aimais bien les Pyrénées, mais pas pour y passer trois ans ! Surtout que c'était pas un quatre-étoiles, le Sanatorium des Loups : on bouffait toujours la même chose, les chambres étaient glaciales, fallait pas faire de bruit à cause des vieux qui avaient besoin de se reposer ! En plus, j'en avais jamais vu, des loups ! Comme quoi, c'était bien un sana de branques ! Trois ans là-bas pour rien, sans savoir si j'allais sortir un jour. Parce que la tuberculose, on peut se la garder un bout de temps. Et ceux de la ville qui nous appelaient *les rebuts* ! À chaque fois qu'on sortait du sana, on y avait droit. « Tiens, les rebuts sont de sortie ! » Ou alors : « Ça va, les rebuts, vous êtes pas encore morts ? » Des fois, on en coinçait un pour lui coller une danse, ça compensait. Et on lui toussait à la gueule, des fois qu'on le contamine et qu'il soit obligé de venir vivre au sana. Même le curé et les bonnes sœurs nous faisaient sentir qu'on était pas pareils. Le père Loustalet était venu nous dire une messe rien que pour nous, parce qu'il voulait pas qu'on descende dans son église pourrie et qu'on refile la tuberculose à ses ouailles. On s'en cognait, nous, de sa messe. Il nous prenait pour des traîne-lattes alors qu'on était juste malades. Total, comme la veille on avait bouffé coup sur coup brocolis et choux de Bruxelles, on s'est tous mis d'accord pour lâcher un maximum de perles. Au début en silence, pour pas se faire repérer, et puis après on s'en foutait, on pétait comme des diables. Si bien que Loustalet a abrégé son sermon et a jamais refoutu les pieds au sana !

Tout ça pour dire que si j'y avais passé trois ans juste parce que les toubibs s'étaient gourés, y avait de quoi l'avoir mauvaise !

— Il faut voir le bon côté des choses, Hannah, a essayé Tintouin. Tu as passé du bon temps ici, c'est une expérience que tu n'oublieras pas. Et dis-toi que tu es en bonne santé, ce n'est pas le cas de tous tes camarades.

Ben voyons ! Ç'aurait été mieux si j'avais été tubarde, c'est ça ? Moi, ce que j'attendais, c'est des excuses. Et qu'on me dise quand j'allais rentrer chez moi. Ça leur est pas venu à l'esprit. Eux, ce qu'ils voyaient, c'est qu'un lit allait se libérer et qu'un autre môme allait avoir l'honneur de goûter au grand air de Gavarnie ! Ben merde, alors !

À midi, mon père était prévenu par téléphone, mais il pouvait pas venir me chercher avant trois jours. Sa voiture pouvait pas faire l'aller-retour et ça tombait mal vu tout le boulot qu'il avait avec les fleurs. Moi, en sortant du bureau de Tintouin, je croyais que j'allais faire ma valise et que j'aurais plus qu'à l'attendre sur le perron, mais non, c'est pas comme ça que ça marche. Les adultes ont des choses plus importantes à faire que de récupérer leurs gosses à l'autre bout du monde. Surtout mon père !

Qu'est-ce qu'il me restait à faire, à part chialer comme une Madeleine ? On voulait pas de moi à la maison et j'avais plus ma place au sana. Alors, c'est ce que j'ai fait. Je suis allée dehors et je me suis assise sous un sapin en attendant que ça passe. Avec trois pulls parce que ça caillait encore pas mal, même si on était en avril. J'ai repensé aux trois ans que j'avais passés là, aux copains que je m'étais faits, à Jojo, en pleine crise de toux, qui m'avait dégueulé sur les pompes le jour de mon arrivée, à Hélène avec qui je m'étais chicorée pendant un mois avant qu'elle devienne ma meilleure amie, à Tambouille, qui inventait des recettes à base de n'importe quoi, comme son cake aux pommes de pin qui nous avait filé la chiasse. Et aussi aux vieux du rez-de-chaussée, les tubards qui l'avaient chopée à la guerre : Nénesse, qu'on avait retrouvé raide mort dans le couloir, du sang partout sur sa chemise, ou la Callas, sourde comme un pot, qui avait été chanteuse avant la guerre. Elle était à moitié dingo, chantait à tue-tête à nous vriller les tympans, mais on l'aimait bien. J'ai aussi repensé à Lucien, un petit gars de l'Assistance publique qui trouvait que le Sanatorium des Loups, c'était le grand luxe par rapport à là où il vivait. Il souriait tout le temps, mais pas des yeux. On voyait qu'au fond, il avait plein de misère. En novembre 1959, les toubibs avaient dit qu'une famille était passée tôt dans la matinée pour l'adopter, mais avec Hélène, on savait que c'était faux. Il était mort dans la nuit.

Avec tout ça, j'ai encore chialé. Tout ressortait, comme une vieille armoire qui s'ouvre sans qu'on lui ait rien demandé. En même temps, je savais plus trop si j'étais contente ou triste de partir. Ça me faisait mal de l'avouer, mais Tintouin avait raison quand il disait que c'était une expérience que j'oublierais jamais. Sauf qu'à cet instant, je me sentais exclue. Comme si j'avais trompé mon monde avec ma fausse tuberculose. J'aurais pu tousser tout ce que je savais, jamais je serais partie les pieds devant.

Quand Hélène m'a trouvée sous mon sapin, à moitié gelée, elle a d'abord écouté ce que j'avais dans le crâne. Et puis elle a dit que je me gourais, que j'avais pris autant de risques que les autres, peut-être même plus. Et que j'aurais été la pire des cloches si j'avais attrapé la tuberculose au sana. On a passé la nuit à se raconter nos souvenirs, on s'est dit des secrets qu'on pensait jamais s'avouer, qu'on avait été toutes les deux amoureuses du fils du boulanger même si on savait qu'il roulerait jamais une galoche à une tubarde. Il avait douze ans et on savait pas son nom. Juste qu'il était beau comme un Américain.

On a parlé jusqu'à trois heures du matin, ce qui fait qu'à sept heures, quand les réveils ont sonné, on était pas fraîches. À onze heures, on m'a fait appeler au bureau du directeur. Je me demandais bien ce qu'on me voulait encore et c'est là que j'ai vu Jimino. J'en croyais pas mes yeux. En une seconde, j'ai tout oublié : Hélène, les projets qu'on avait pour l'après-midi, Tambouille et sa nouvelle recette, le sana... Jimino était là, ça voulait dire que je rentrais chez moi ! Jimino, c'est mon grand-père, le père de mon père. Il s'appelle Charles, mais personne l'appelle comme ça. Je sais pas d'où ça vient, Jimino, c'est peut-être lui qui l'a inventé. Mon père dit qu'il est dingo et que c'est un bon à rien. Je suis pas d'accord, mais je dis rien, parce que discuter avec mon père, c'est comme vouloir vider l'océan avec une paille. En plus, ça se termine souvent par une beigne.

Quand on est ressortis du bureau du dirlo, Hélène était dans le couloir. J'ai rien eu besoin de lui dire. Elle m'a accompagnée jusqu'au dortoir pour m'aider à faire ma valise. Jimino avait déjà signé les papiers m'autorisant à quitter le sana, ce qui fait que j'avais plus qu'à dire au revoir à tout le monde. J'aurais pas cru, mais c'est le truc le plus terrible à faire ! Ils étaient tous devant le réfectoire, tous les copains, et tous ceux qui l'étaient pas mais qu'on regrette quand même. Jimino m'a attendue devant la porte, j'ai pris mon temps, mais en sortant, ils me manquaient déjà, ces cons-là. Les vieux aussi. Surtout Justine, une petite bonne femme de rien du tout. Je l'aimais bien parce qu'elle racontait des tas d'histoires. On savait pas si c'était vrai, mais elle avait été au camp de Theresienstadt, où elle avait connu Robert Desnos. On le connaissait pas, ce gars-là, à part qu'il avait écrit des poésies, mais quand elle nous a récité « Le Maréchal Ducono », on l'a tout de suite apprécié. À la fin, elle ajoutait toujours : « Enfoiré de Pétain ! », avant de cracher par terre.

Dehors, le bus nous attendait. Jimino a porté ma valise et presque tous les copains m'ont accompagnée. On s'est serrées fort avec Hélène, et puis il a fallu y aller. Je les revois encore, à me faire des coucous. Michel, un gars plus grand que moi à qui j'avais souvent mis des peignées, m'a fait un bras d'honneur. Ça m'a touchée. J'étais triste et heureuse à la fois, je savais pas que c'était possible. J'avais encore envie de pleurer, mais ça servait plus à rien. Alors, je me suis assise sur la banquette et Jimino a passé son bras pardessus mes épaules. Il faisait chaud dans le bus, ça cahotait pas mal, mais comme j'avais du sommeil en retard, je me suis endormie. J'ai à peine vu quand on est montés dans le train.

Le claque

J'ai pas bien vu non plus quand on est arrivés à la maison. Il devait être pas loin de minuit et c'est un copain de Jimino qui est venu nous chercher à la gare avec sa vieille américaine. Tout le long du chemin, il nous a parlé de sa Pontiac Torpedo, réglée comme une horloge. On faisait pas mieux et jamais les Français sauraient en faire une pareille. À un moment, j'ai cru qu'il voulait nous la revendre. Il nous a déposés devant la maison avant de repartir comme un fantôme. On s'était pas vus depuis Noël, mais quand on est entrés dans le salon, mon père a trouvé le moyen de tirer une tête d'enterrement ! Martha m'a prise dans ses bras et m'a dit que j'avais bonne mine. Tu penses, j'avais jamais été malade !

Quand je me suis réveillée le lendemain matin, j'ai mis du temps à réaliser où j'étais. J'ai ouvert les volets et j'ai vu notre jardin avec la serre au bout. À chaque fois, ça me faisait pareil : je me souvenais pas que c'était si grand. Mon père était déjà en train de s'occuper des rosiers, il m'a vue et m'a fait un signe. J'ai souri bêtement. Pas seulement à lui, au jardin, à la maison, au village. Sur le moment, j'ai remercié Kaminski.

Ma mère est morte quand j'avais trois ans. J'étais trop petite et je m'en souviens pas. Il paraît qu'elle avait les mêmes cheveux que moi et les yeux encore plus clairs. Elle s'appelait Elsa, elle avait vingt-quatre ans et elle est morte dans un accident de train, un jour où elle allait voir ses parents dans l'Est. Eux, je sais même pas s'ils sont vivants ou morts, on en parle jamais. C'est à cette époque que Martha a acheté une autre maison à l'autre bout de La Chapelle-Meyniac, parce qu'avec Jimino, ça collait plus.

Mon père, c'est pas vraiment le genre patient ; avec lui, il faut que ça file droit. On rigole le dimanche entre onze heures et midi, le reste, c'est fait pour trimer et mettre des baffes à tout ce qui va de travers, moi comprise. À mon avis, il était pas fait pour avoir des enfants, mais ça lui est tombé dessus, comme à plein d'autres. Son métier, c'est vendre des fleurs. Avant, il vendait des postes de radio et encore avant, de la ferraille qu'il récupérait je sais pas où. C'est pas ce qu'il vend qui est important, c'est vendre tout court. Faut que ça rapporte. Jimino dit que c'est plus fort que lui, il lui faut du stock, des commandes, du chiffre d'affaires. Il travaille du matin au soir, même le week-end, ce qui veut dire qu'on a rarement le temps de jouer. Des fois, je me dis qu'il serait mieux tout seul, sans Jimino, sans moi, sans personne pour l'encombrer.

À La Chapelle-Meyniac, il y a plus de cent maisons, mais ça reste un village, construit sur une grande pente. Le côté ouest, où j'habite, est plus bas que le côté est, c'est pour ça qu'il y a ceux d'en haut et ceux d'en bas. Entre les deux, ç'a toujours été la bagarre. Des fois, ça se règle en partie de foot, de baseball, d'autres fois, c'est les gnons. Une fois, je suis rentrée avec deux heures de retard à cause d'une bataille rangée. Je savais que j'allais jamais être à l'heure, mais je pouvais pas laisser ceux d'en bas se faire dérouiller. Surtout que je suis dans les plus grandes et qu'avec mes bras, j'ai de l'allonge et ça descend bien sur les pifs. Mais un qui a encore plus d'allonge, c'est mon père. Quand je suis rentrée, j'ai pris l'avoinée du siècle ! J'ai eu mal aux fesses pendant deux jours. Surtout la gauche. Je sais pas pourquoi, parce qu'il a cogné sur les deux pareil. Quand je m'asseyais, je penchais de l'autre côté pour pas qu'elle touche. J'avais l'air débile, mais je m'en foutais. L'important, c'est que j'avais pas laissé tomber les copains.

Il y a pas que sur moi qu'il gueule, mon père, Jimino aussi entend chanter Ramona. Ça me fait bizarre quand ça arrive et je me demande toujours pourquoi il lui retourne pas une beigne, c'est son fils après tout. Faut dire qu'ils ont pas le même gabarit. Si Jimino est plus lourd, c'est pas que du muscle. Mais surtout, c'est un non-violent. Il cause jusqu'à ce que ce soit bien rentré dans le crâne, c'est sa technique. Au sana, il me manquait plus que mon père.

Quand je suis descendue à la cuisine, je savais pas quoi faire à part déjeuner. J'avais faim, mais c'est pas ça qui faisait que je me sentais vide ; j'ai attrapé une veste de mon père qui traînait et je suis sortie sous la tonnelle. Au moins, je profitais du soleil. Je me suis calée dans le vieux fauteuil, c'est là que Jimino m'a trouvée.

— Eh bé, tu te laisses pousser les poils de la main ?

J'ai pas eu le courage de sourire. Juste de lever les yeux et faire une grimace. Ça a suffi pour qu'il comprenne que j'avais pas le moral.

— Allons bon ! Moi qui croyais que ça te ferait plaisir de rentrer ! C'est le sana qui te manque ?

Là non plus, j'ai rien dit ; je savais pas moi-même. Jimino a froncé les sourcils et m'a regardée à l'intérieur. Ça devait être écrit en gros parce qu'il a pas mis longtemps à trouver.

— Tu es comme l'étranger, tu ne sais pas où est ta place et tu te caches.

— J'ai rien à faire.

— Oh, que non ! il a répondu. Au contraire, tu as tout à faire, mais tu ne le sais pas encore.

— Comme quoi ?

— Comme passer sous la douche, brosser ta tignasse et remplir ton ventre.

Il a vu que j'étais pas convaincue et a poursuivi.

— Quand tu ressembleras à la Hannah que je connais et que tu auras déjeuné, je t'accompagnerai à l'école.

— Personne m'attend à l'école. Ils savent même pas que je suis rentrée.

— Quand ils te verront, ils le sauront. Tu iras t'asseoir dans la classe et la vie repartira comme avant.

— J'ai jamais été dans cette classe.

Là encore, il a lu en moi comme dans un livre.

— Et ça te fait peur ?

Un peu que ça me faisait peur. La dernière fois que j'avais été dans cette école, j'étais chez les petits avec Mme Lapanolles. Je l'aimais pas. Elle me posait des questions seulement quand elle voyait que je savais pas, et quand je réussissais mieux que les autres, elle disait que c'était un miracle ou que j'avais triché. M. Lioret, je l'ai jamais eu parce qu'il est arrivé quand j'étais au sana. Il a une jambe toute raide qui le fait boiter et les autres l'appellent *Béquille*. Il allait pas traîner pour comprendre que j'étais nulle. L'école, au sana, c'était Cambouis et Patton qui nous la faisaient : des vedettes ! Le premier avait les doigts noirs à force de bricoler tout ce qui lui tombait sous la main, le second nous bassinait avec son général. Ils avaient jamais été instits, mais le sana était très content d'avoir dégotté deux volontaires qui se contentent du gîte et du couvert. Autant dire que j'avais un sacré retard et, à moins que M. Lioret m'interroge sur Patton ou me demande de resserrer un joint avec une clef de douze, je voyais pas comment j'allais éviter de passer pour une nullarde !

J'ai expliqué ça à Jimino, il a réfléchi une minute, et puis il a dit qu'après tout, j'avais raison, que c'était aussi bien de rester là parce qu'à bientôt onze ans, je pouvais aller travailler avec mon père comme il l'avait fait avec le sien à mon âge. J'aurais vite les mains calleuses, mais au moins, je saurais ce que c'est que de travailler et de gagner ma vie. Il a ajouté qu'à mon mariage, une croix ou un dessin sur le registre du maire suffirait.

J'étais pas neuneu à ce point, je savais bien qu'un jour ou l'autre, j'allais devoir retourner à l'école, seulement ça arrivait trop vite.

Une fois de plus, Jimino avait raison. M. Lioret m'a posé que des questions auxquelles je savais répondre. Faut dire que c'était pas dur, vu que ça concernait ma vie au sana. C'était sympa parce qu'au lieu d'être à la ramasse à essayer de comprendre la leçon du jour, j'étais la star qui raconte sa vie, comme Simone Signoret dans *Jours de France*. J'ai pu dire à tout le monde que j'avais jamais été tubarde et ça en a cloué le bec à plus d'un. J'ai parlé d'Hélène, de Tambouille, de la Callas et du petit Lucien, et ça les a impressionnés que j'aie déjà vu des morts en vrai. À la fin, j'ai glissé que j'avais pas eu des épées comme instits, pour que M. Lioret soit pas trop vache avec moi. Je sais pas si c'est ça, mais quand on a recommencé à travailler, j'ai tout compris. C'était des maths, la règle de trois que j'avais déjà faite. À un moment, en voyant certains sécher, je me suis dit que finalement, Cambouis et Patton étaient peut-être pas si nuls.

En tout cas, j'étais contente d'être là. Je retrouvais les copains, un maître qui avait l'air de bien m'aimer, et j'avais les mêmes choses à faire que les autres. Le seul truc qui me manquait, c'était la vue sur les Pyrénées. À Gavarnie, je pouvais regarder le cirque par la fenêtre et m'imaginer en train de passer sous la cascade. Là, on voyait que la cour, et au bout, la maison du vieux Lanfrancki, une peau de vache à moitié alcoolo qui crevait tous les ballons qui tombaient dans son jardin.

Avant de sortir en récré, M. Lioret m'a fait venir à son bureau. Il a attendu qu'on soit tous les deux pour me dire que si j'avais des problèmes, fallait pas que j'hésite à lui demander. Ça me changeait de la mère Lapanolles et je lui ai dit d'accord, même si, sur le moment, je voyais pas trop ce que j'allais pouvoir lui demander. Du coup, je comprenais mieux pourquoi Sarah m'avait dit qu'avec lui tout le monde faisait des efforts. Par contre, je trouvais ça un peu salaud de l'appeler *Béquille.*

Quand je suis sortie dans la cour, ils étaient une quinzaine à m'attendre, Sarah en tête. On s'était pas vus depuis Noël et ils avaient tous grandi. Sauf Rico, un Italien qui avait pourtant un an de plus ; il avait aussi un début de moustache qui le rendait encore plus rital.

— Y a des putes au village ! a dit Victor comme s'il fallait absolument que je sois au courant.

Jules et Françoise ont rigolé, normal, c'est des petits, mais les autres avaient l'air de prendre ça au sérieux comme s'il y avait la guerre.

— Le père à Bonbonne y a été samedi ! a cafté Louison, la pire teigne de la récré.

Bonbonne était juste derrière et lui a collé une baffe en disant que c'était pas vrai. Elle a valsé deux mètres plus loin, mais les baffes, avec ses deux frères, elle connaissait que ça, et celles de Bonbonne, même s'il faisait trois fois son poids, elle les encaissait sans sourciller.

— Même que sa mère l'a cogné avec une poêle quand il est rentré ! elle a ajouté.

J'ai regardé Bonbonne et j'ai vu à sa tête que c'était vrai. Je me suis demandé s'il avait honte parce que son père était allé aux putes ou parce que sa mère était le chef à la maison. J'ai imaginé Mme Beuzier, la grâce d'un buffle en tutu, attendant son mari au milieu de la nuit pour l'assommer avec une poêle, et je me suis dit que j'étais rentrée au bon moment.

— C'est pas des putes qui font le trottoir, a expliqué Sarah, elles sont dans un bordel.

— Elles ont pas le droit, a dit Rico. Mon père dit que les bordels, c'est interdit par la loi.

— Celles-là, elle s'en foutent. Si elles ont défait leurs valises, c'est pas pour partir demain.

La première question qui m'est venue, c'est pour savoir où il était, ce bordel.

— À la Duduc, ont répondu en même temps Victor et Alain. Ceux qui y vont font le tour par le moulin pour pas qu'on les voie, ce qui fait que maintenant, ceux qui vont se promener au moulin, on croit qu'ils vont aux putes.

Les connaissant, je me doutais qu'ils devaient passer une bonne partie de leur temps libre à espionner du côté du vieux moulin, si c'était pas carrément au bordel pour se rincer l'œil. La Duduc, c'était plutôt une sorte d'hôtel particulier, sur la route de Sarlat ; on l'appelait comme ça, parce que c'était plus court que de dire la maison du Duc. Elle avait trois étages, une vingtaine de chambres et deux grands salons, un au premier et l'autre au second. Au rez-de-chaussée, c'était les cuisines et une immense salle à manger. Partout, il y avait des salles de bains, même qu'on racontait que le Duc et la Duchesse s'étaient fait foutre dehors parce qu'ils pompaient toute l'eau du village. Personne savait si c'était vrai, vu que ça datait de plus de cent ans. Je suis même pas sûre que le proprio était duc, n'empêche qu'il fallait des ronds pour y habiter.

— Y a des tas de bonnes femmes, a dit Rico, des petites, des grosses, et même une vieille, petite et grosse !

— C'est la mère casse-bite ! a expliqué Sarah.

— La quoi ? a demandé Françoise.

— C'est la patronne, c'est elle qui encaisse quand un bonhomme se pointe pour choisir une fille.

— Paraît qu'elle est pas française, a encore dit Rico.

On l'a tous regardé, parce que c'était bizarre que ce soit lui qui dise ça. Ricardo Pelligiari, onze ans et déjà un an de retard, avait déboulé des Abruzzes en 57 et avait toujours son accent rital.

— Elle est quoi, si elle est pas française ? j'ai demandé.

— Mon père dit qu'elle est russkoff.

Là, c'est vers Bonbonne qu'on s'est tournés, parce que pour le coup, il confirmait que son père y avait été. Il s'en est rendu compte et puis ça a pas eu l'air de l'emmerder plus que ça.

En retournant en classe, je me suis dit que j'avais bien fait d'écouter Jimino. Les copains m'avaient bien accueillie, M. Lioret aussi, et en plus, il y avait cette histoire de claque au village ! On a fait de la géo jusqu'à onze heures et demie. C'est pas là que je suis la plus forte parce que je trouve ça débile d'apprendre des noms de pays, de villes, de départements et de préfectures. Suffit de regarder sur une carte. Mais bon, j'ai rien dit parce que j'étais contente d'être là.

Mon père

Au bout de trois jours, en ce qui concerne mon niveau en classe, je suis retombée sur terre. Dès qu'on a touché à la géométrie, j'ai plus rien compris ; et dans la même journée, on a fait une dictée avec des mots à consonne double, comme *attraper, emmener, ballade...* J'ai fait douze fautes, autant que Rico qui écrit comme un cochon ! Le lendemain, en histoire, ç'a été le pompon ! J'ai jamais pu remettre les rois dans l'ordre : des Charles, des Philippe, des Henri et des Louis avec des numéros qui se suivent pas. Sans compter que dans le tas, il y a des Carolingiens, des Capétiens, des Valois, des Bourbons ; ils auraient pu se mettre d'accord pour qu'on s'y retrouve, les mecs. J'étais larguée et M. Lioret a compris qu'il avait pas recruté une lumière. Du coup, Cambouis et Patton, je les ai maudits.

À la maison aussi, je suis redescendue sur terre. Et même un peu plus bas. Le mardi, quand je suis rentrée, j'ai trouvé Jimino en train de bricoler dans son atelier. Son truc, c'est d'inventer des machines. La plupart du temps, elles servent à rien, elles sont compliquées, n'empêche qu'il faut se creuser pour y penser. Là, c'était une machine pour reproduire des tableaux à partir d'une photo, avec des fils électriques et des pinceaux qui devaient peindre tout seuls.

Sauf qu'il a failli foutre le feu et que mon père s'est pointé juste à ce moment. Comme il sait pas faire autrement, il a gueulé tout ce qu'il savait, sur Jimino qui était un bon à rien et qui lui coûtait cher, et sur moi qui traînais dans ses pattes. Quand on s'est mis à table, il était plus de huit heures et j'ai avalé des carottes râpées et des betteraves sans rechigner alors que normalement j'adore pas ça. On était tous les trois à table et personne parlait à cause de l'atelier qui avait failli partir en fumée. Mais y avait pas que ça. Le matin, papa avait reçu une lettre. Peut-être que s'il l'avait dit avant, Jimino aurait attendu avant de faire ses expériences.

— Demain, je dois aller à Toulouse pour régler une affaire. Tu t'occuperas du marché.

Ça s'adressait pas à moi, j'avais l'habitude.

— Qu'est-ce que tu vas faire à Toulouse ?

— Leur dire de trouver un autre clampin pour aller faire leur foutue guerre.

On s'est regardés avec Jimino et je crois bien qu'il comprenait pas plus que moi.

— J'ai reçu une lettre de l'armée disant que je dois me présenter à la caserne le 30 pour aller servir en Algérie.

— Et pourquoi tu irais, tu as déjà fait ton service !

— C'est sûrement une erreur, mais je préfère aller leur dire moi-même plutôt que de voir débarquer les cognes. C'est pour ça que tu t'occuperas du marché.

Mon père à la guerre, sur le moment, je me suis dit que ça collait pas. D'abord, comme disait Jimino, il avait déjà fait son service, ensuite, il était veuf et les veufs qui avaient des enfants la faisaient pas. Quand j'ai dit ça, ils m'ont regardée, mon père comme si j'étais la reine des cruches, Jimino comme s'il était emmerdé. En tout cas, j'ai pas eu ma réponse.

— Je partirai à l'aube et je ne serai pas rentré avant midi. Ce qui fait que tu t'occuperas aussi de la bouffe.

Toujours pas à moi qu'il parlait, j'étais redevenue invisible.

— Demain, je suis attendu à onze heures, a dit Jimino, tu es sûr que tu ne seras pas rentré ?

— Qui est-ce qui t'attend ? Tes copains poivrots ?

— Ce ne sont pas des poivrots, ce sont des musiciens.

— C'est ça. Et moi, je suis Édith Piaf ! Quand ça te rapportera autre chose que des muflées, tu y seras à l'heure, chez tes zozos.

Ça servait à rien de discuter. Pas le droit de s'amuser ni de faire de la musique. Dans une autre vie, mon père avait dû être curé.

— Et toi, mange ton fromage !

Cette fois, c'est à moi qu'il parlait, mais pour le coup, j'aurais préféré qu'il m'oublie.

— Je l'aime pas, ce fromage, il schmoutze.

— Mange !

Dans les Pyrénées, j'avais mangé des fromages qui puaient, mais celui-là, c'était une autre dimension. Rien qu'à le regarder, j'avais les yeux qui piquaient. Du niolo, que c'était. Ça venait de Corse et j'y avais goûté la veille pour faire plaisir. Dès que j'avais senti l'odeur dans ma bouche, j'avais prétexté une poussière dans l'œil pour aller tout recracher dans la salle de bains. Seulement là, je pouvais pas refaire le coup.

— C'est vrai qu'il est fort, a dit Jimino pour m'aider. Même si tu le fais passer avec un coup de rouge, faut reconnaître qu'il cogne.

— Tu veux faire boire la môme ?

— Et pourquoi pas ? Si ça peut aider à faire passer. On en boit bien, nous !

Au point où j'en étais, je voulais bien essayer. Tout, mais pas le niolo tout seul. Papa a levé les yeux au ciel et m'a servi un demi-verre de vin. Et puis, il a attendu. Si je faisais pas un effort, je me suis dit que ça allait retomber sur Jimino ; alors j'ai avalé une gorgée de rouge et j'ai enfourné la moitié du fromage. J'ai failli tout renvoyer.

— Finis, a grogné mon père.

Sur le moment, je l'ai tellement détesté que j'ai pris le bout de fromage et je l'ai mangé en le regardant droit dans les yeux. Ça lui a fait ni chaud ni froid. Il a demandé s'il y avait autre chose à manger et Jimino a dit qu'il avait fait des îles flottantes. Ça m'a redonné le moral, mais je me suis demandé si le goût du niolo allait pas s'incruster dans tout ce que j'allais avaler. Papa s'est levé, a pris une pomme dans la corbeille de fruits, puis est parti dans la buanderie où il prépare ses bouquets.

— Quand vous aurez fini de débarrasser, tu viendras me voir, il faut qu'on cause.

J'aimais autant que ça s'adresse pas à moi parce que ça sentait l'engueulade. Jimino devait avoir l'habitude parce qu'il a juste hoché la tête et est allé sortir les îles flottantes du frigo.

— Amène ton auge, il m'a dit en me servant copieusement. Quand y en a pour trois, y en a pour deux !

Ç'a été le petit bonheur de la soirée. Le seul, parce qu'après, ça s'est gâté.

— Tu vois, petiote, le secret de la crème anglaise, c'est la cuisson. Tu cuis pas assez, c'est de la soupe, tu cuis de trop, c'est de la purée !

— C'est comme le fromage de papa : pas assez fait, il colle aux dents, trop fait, il les décolle !

On a rigolé comme des baleines et on a fini le plat. Ensuite, il est allé mettre un disque et on s'est mis à la vaisselle. Ça swinguait autrement que du musette, sauf que mon père détestait ça et est revenu l'arrêter. Sans y faire attention, en le faisant craquer.

— Ça fait trois fois que je t'appelle, il a gueulé, faut que je t'envoie un recommandé ?

Jimino a posé la vaisselle qu'il s'apprêtait à essuyer et l'a suivi dans la buanderie. Il a refermé la porte derrière lui, mais j'ai quand même tout entendu.

« Ça peut plus durer comme ça ! J'ai assez d'une gamine à m'occuper ! Regarde, c'est ce que tu me coûtes par semaine. Et qu'est-ce que tu fais pour m'aider, à part vider des bouteilles et bricoler tes conneries ? C'est là que ça se passe ! Mais regarde donc, nom d'un chien ! »

J'ai entendu un bruit de baffe, et ensuite, des tas d'objets qui tombent par terre. Mon père foutait en l'air tout l'attirail de bricolage de Jimino. Des pots se sont cassés et de la quincaille a roulé sur le sol.

Je tâchais de faire plus de bruit qu'il en fallait pour ranger la vaisselle, mais je continuais à tout entendre.

« T'en as de la place, maintenant ! Et je me fous que ça te prenne la nuit pour tout remettre en ordre ! Quand t'auras terminé, tu prépareras les bouquets pour le marché, ça remboursera ce que tu me dois ! »

Il est ressorti de la buanderie en claquant la porte et a traversé la cuisine sans me voir.

« Monsieur fait des îles flottantes ! »

Ensuite, il est sorti dans le jardin. Il aurait pu aller au diable, ça ne m'aurait pas gênée.

L'Algérie

J'ai pas été surprise de faire des cauchemars, cette nuit-là. Ça s'est pas mal bagarré, des bâtiments se sont écroulés et des chiens sont morts dans des incendies. J'ai tourné dans mon lit comme un crocodile et quand j'ai vu la lumière dans ma chambre, j'ai cru que c'était un nouveau cauchemar. Mais non, c'était mon père qui me demandait de m'habiller fissa et d'aller déjeuner parce que je venais avec lui à Toulouse. Je voyais pas pourquoi le programme avait changé, mais j'ai évité de poser des questions. Trois heures de route aller, trois heures retour, la Dyna X qui puait l'essence et mon père qui fumait des cigarillos à faire vomir, la journée allait être une des pires de ma vie. Je suis partie sans rien avaler parce que je prévoyais le coup qu'avec toutes ces odeurs, j'allais tout dégobiller. J'ai juste pensé à prendre un oreiller et une couverture pour rattraper le sommeil que j'avais en retard. Ça a pas loupé, j'ai émergé vers onze heures et lu sur un panneau que Toulouse était plus qu'à neuf kilomètres. Seulement, au bout de deux minutes d'éveil, j'ai eu tellement mal au cœur que j'ai juste eu le temps de demander à mon père de s'arrêter. J'ai déposé une belle galette devant un magasin de godasses. J'ai pas eu le temps de lire le nom parce que mon père m'a dit que le patron était furax et s'apprêtait à sortir. Je suis remontée en voiture et on est partis aussi vite qu'on pouvait, sans même savoir dans quelle ville on était. Ensuite, jusqu'à Toulouse, ç'a été à peu près. Papa a bien voulu arrêter de fumer et on a ouvert les fenêtres en grand.

J'avais jamais vu de caserne en vrai et au moins pour celle-là, j'avais rien loupé. Pas beaucoup d'arbres, encore moins de fleurs, des jeeps, des camions et des tas de soldats qui vont et viennent comme des fourmis. Je me demandais s'ils savaient où ils allaient. On est entrés dans un bâtiment où il faisait frais, on a traversé une pièce assez grande pour jouer au foot et on s'est présentés devant un militaire derrière un comptoir. Il avait l'air de s'en foutre complètement et mon père s'est raclé la gorge pour montrer qu'on attendait. Ça a rien fait du tout.

— Dites, si je vous danse la carmagnole, vous levez les yeux de votre bouquin ou il faut en plus que je joue du tambour ?

De l'index, le militaire a désigné un banc où attendaient trois personnes. Mon père a hésité avant de les rejoindre. Le type derrière son comptoir avait des lunettes et je crois bien qu'il s'en est pas fallu de beaucoup pour qu'elles valsent dans toute la pièce. Et lui avec. On est allés s'asseoir sans rien dire et on a attendu une bonne demi-heure. Quand le militaire nous a appelés, c'était pour dire qu'il fallait revenir à deux heures, parce que là, c'était la pause.

— Écoutez, soldat, a murmuré mon père d'une voix qui sentait la castagne, je me suis tapé deux cents bornes pour venir faire rectifier une erreur, je vais en faire autant pour rentrer chez moi, j'ai attendu sagement sur votre banc à la con, maintenant si vous me redites qu'il faut revenir cet après-midi, au point où j'en suis, il est pas impossible que je vous mette mon poing sur la gueule.

Le militaire l'a dévisagé et a compris que c'était pas du flan. Il a pris la lettre que mon père lui tendait, l'a lue dare-dare et nous a dit d'aller au premier étage, couloir B, porte 153. On avait paumé une demi-heure, mais au moins, on avait avancé d'une case.

Devant la porte 153, il y avait quatre bonshommes assis sur des chaises. Ils nous ont regardés, et seul celui qui avait un bébé qui roupillait dans les bras a dit bonjour. Dès que je me suis assise, mon ventre a gargouillé et j'ai eu peur de réveiller le gosse. On est restés là sans rien dire, une porte s'est ouverte, un type est entré, et mon père a alors posé une question à son voisin :

— Vous venez aussi pour une erreur ?

— L'armée ne fait jamais d'erreur, a répondu un autre plus loin, vaut mieux vous préparer à ça.

— Ben, un peu que si, elle en fait ! a répliqué mon père. Ils veulent m'envoyer en Algérie alors que j'ai déjà fait mon service. En plus, j'ai une môme de dix ans et personne pour s'en occuper !

— On en est tous là, mon gars, a répondu le père du gosse. C'est bien que vous l'ayez amenée parce qu'ils seraient capables de vous incorporer aussi sec.

Ça m'a foutu un choc. Surtout que mon père m'a regardée pour voir si j'avais entendu. Ben oui, et j'avais tout pigé. J'étais là pour empêcher l'armée de lui coller un uniforme. Il avait eu peur de pas rentrer à La Chapelle-Meyniac et se servait de moi comme excuse. C'était pire que le niolo, pire que la baffe à Jimino, pire que tout !

— Qu'est-ce que t'as ? Tu préférerais que je parte à la guerre ? Non, bon alors, on fait ce qu'on peut pour l'éviter !

J'ai rien répondu. Je me suis carrée sur ma chaise et j'ai fermé les yeux. Pas pour dormir, mais pour penser à autre chose, au sana, à Hélène, à Tambouille, à la bouffe dégueu, aux têtes de nœud qui nous traitaient de rebuts, au cirque de Gavarnie. Qu'est-ce qu'il avait fait, Kaminski, à dire que j'étais pas tubarde ! J'avais rien demandé, moi. Et je m'en sortais pas si mal au Sana des Loups. Il pouvait se l'arrondir pour que je lui envoie une carte de remerciement.

Quand ç'a été au tour de mon père d'entrer dans le bureau 153, j'ai pas bougé. Il m'a dit de rester sage, mais je savais que c'était seulement pour bien montrer au soldat que j'étais là, vu que d'une, je sais me tenir sans qu'on ait à me le dire, et de deux, je vois pas ce que j'aurais pu faire comme connerie dans ce couloir désert. À part boulotter une chaise ou un bout de lino parce que je commençais vraiment à crever de faim. Quand la porte s'est refermée sur eux, je me suis détendue. J'étais à deux cents kilomètres de chez moi, toute seule, mais j'avais pas peur. Depuis qu'on m'avait virée de Gavarnie, j'étais comme un colis, avec un nom, mais pas d'adresse. On m'envoyait ici, et puis là, on faisait pas gaffe à ce que je pouvais penser, j'atterrissais dans un nouvel endroit, on m'expédiait dans un autre.

Dix minutes plus tard, mon père est ressorti avec une tête de zombie et j'ai bien cru qu'il avait déjà un pied en Algérie. Il est passé devant moi en me faisant signe de le suivre et on a quitté la caserne sans un mot. Je lui ai demandé s'il allait partir à la guerre, il m'a regardée comme si tout était de ma faute et a répondu que ces cons-là allaient faire des recherches dans leurs archives, mais qu'en attendant, ils voulaient voir des papiers prouvant que maman était morte. Je savais même pas que ça existait, moi, des papiers qui prouvaient qu'on était mort. Je croyais que ça suffisait qu'on meure, qu'on nous mette dans une tombe avec notre nom dessus et quelques fleurs. C'est là que j'ai réalisé que j'avais jamais été sur la tombe de ma mère. Je savais même pas où c'était.

— Ils sont à la maison les papiers de maman ?

Il a rien répondu. Il a allumé une cigarette, est entré dans une boulangerie et a acheté deux sandwichs et deux parts de tarte. On est ressortis et on a traversé la rue pour aller s'asseoir dans un jardin public, toujours en silence. J'ai avalé mon sandwich en moins de deux et ma tarte pareil.

— T'as des guibolles de sauterelle et tu manges comme quatre ! Vaut mieux pas t'avoir en pension, toi !

— Ben non. C'est même pour ça qu'on m'a foutue au sana.

C'est sorti tout seul, comme si c'était pas moi qui parlais. Je m'attendais à ce qu'on se lève et qu'on dise plus un mot jusqu'à la maison, mais il a souri. Pas le vrai sourire qui fait plaisir à voir, mais quand même, un petit sourire pour montrer qu'il était pas fâché.

— Tu crois que je t'ai envoyée là-bas parce que tu coûtes cher ?

— Hier, c'est ce que t'as dit à Jimino.

— Ton grand-père et toi, c'est pas la même chose. Lui, il fait tout de travers, il picole et se comporte comme un gosse avec sa bande de dingos. On est à l'opposé, lui et moi, on ne voit pas la vie de la même manière. Toi, tu es encore une gamine, tu as tout à apprendre et que tu me coûtes cher ou pas, c'est pas ton problème.

— Il fait rien de mal, Jimino.

— Il fait rien de bien non plus. Je te rappelle qu'hier, il a failli foutre le feu à la maison.

— Peut-être qu'il s'ennuie, comme il travaille plus ?

— C'est un feignant, un anarchiste qui pense qu'on peut passer sa vie à rigoler avec les copains et qu'il y aura toujours de quoi bouffer dans son assiette.

— Je croyais qu'il avait travaillé toute sa vie ? Il m'a dit qu'il avait commencé à mon âge !

Là, mon père a soufflé tout son air et s'est levé.

— Ouais, ben toi, t'es prête pour lire son Jaurès, son Marx et autres margoulins qui croient encore à l'égalité, la fraternité et toutes ces conneries qui font qu'au nom de la République et de la grandeur de la nation, on veut m'envoyer mettre sur la gueule des Arabes !

J'avais déjà entendu le nom des deux gars, mais d'une, je savais pas que c'était des margoulins, et de deux, je voyais pas ce que ça avait à voir avec les Arabes. En gros, j'ai rien pigé ! À part qu'il fallait encore régler cette histoire de papiers pour qu'il parte pas à la guerre. Quand on est retournés à la voiture, il faisait tellement chaud qu'on a dû ouvrir les portes et les fenêtres en grand et attendre dix minutes avant de pouvoir partir. J'ai rien dit pendant tout ce temps, j'ai encore attendu qu'on sorte de Toulouse, et puis j'ai posé ma question :

— Elle est enterrée où, maman ?

— Quoi ?

Je savais qu'il avait compris, mais j'ai quand même répété. Il m'a regardée dans le rétroviseur et j'ai vu ses sourcils froncés.

— Dans l'Est, je te l'ai déjà dit !

— Où dans l'Est ?

— Sur la route qui va chez ses parents.

— Ils habitent dans l'Est ?

— Ils habitaient, ils sont morts eux aussi.

Première nouvelle. Même si je les avais jamais vus, personne me l'avait dit. Je savais même pas comment ils s'appelaient, ce qu'ils avaient fait dans la vie ou s'ils avaient eu d'autres enfants. Parce que ça m'aurait fait des oncles et des tantes. Et peut-être que j'avais des cousins, aussi.

— Tu y es déjà allé, toi, sur la tombe de maman ?

— Hannah, je n'ai pas envie de parler de ça.

— Tu m'emmèneras, un jour ?

— T'as pas plus gai que d'aller dans un cimetière ?

— Si, mais la tombe de maman, je l'ai jamais vue. Je me souviens même pas d'elle en photo

— Je t'emmènerai sur sa tombe quand on passera dans la région. On va pas faire mille bornes pour ça !

Ce qui voulait dire qu'on irait jamais. Avec mon père, il y avait que La Chapelle-Meyniac, le reste, c'était pour les touristes du Front populaire.

— Tu me montreras des photos d'elle ?

— Je t'en ai déjà montré et ça sert à rien de remuer le passé. Maintenant, dors, on a de la route à faire.

J'avais aucune envie de dormir. J'avais même de nouveau mal au cœur, mais ça se bousculait trop au portillon de mon crâne pour que je pense à dégobiller. D'abord, je savais toujours pas où ma mère était enterrée exactement. L'Est, ça voulait rien dire. L'est de quoi, en plus ? Il aurait pu me dire une ville, un patelin, j'aurais cherché dans un atlas. Là, que dalle, juste l'Est, démerde-toi avec ça ! Il s'en foutait lui, il avait encore ses parents. Sauf qu'il en profitait même pas. J'avais encore mille questions, mais je savais que ça servait à rien, il avait fermé les écoutilles. Et des photos de ma mère, j'en avais jamais vu. Je savais qu'elle était blonde comme moi, avec les yeux bleus comme moi, mais c'était tout. Ça m'a alors fait penser que j'avais jamais vraiment pleuré sur elle, sûrement parce que je l'avais pas connue. Sarah chialait au moins une fois par mois en pensant à la sienne, mais c'était pas pareil, elle était morte deux ans plus tôt, quand elle avait huit ans.

Les rombières

À La Chapelle-Meyniac, pour rentrer chez nous quand on venait de Toulouse, il fallait traverser tout le village. Et normalement, à quatre heures de l'après-midi, le marché était terminé depuis longtemps. Sauf que là, c'était bourré de monde et mon père a roulé au ralenti pour voir ce qui se passait.

C'est moi qui ai vu les gendarmes en premier. Quand je l'ai dit à papa, il a braqué de l'autre côté, par réflexe, mais ils pouvaient pas déjà être là pour lui. On a roulé encore quelques mètres et on s'est arrêtés. Ça m'aurait fait mal de rater ça, pour une fois qu'il y avait de l'animation ! Le problème, c'est que Jimino y était mêlé et que les pandores étaient justement à son stand. On s'est approchés tout près et mon père s'est planté devant Jimino :

— Qu'est-ce que t'as encore branlé ?

Les gendarmes ont dû être surpris parce qu'ils ont rien dit à mon père.

— J'ai vendu des fleurs, des bouquets et des plantes en pots, voilà ce que j'ai fait !

— Et ce foutoir, c'est pour la Saint-Corniaud? T'as vu l'heure qu'il est? Pour combien t'as vendu, d'abord?

— Sept mille deux cent douze francs!

Première fois de ma vie que j'ai vu Jimino clouer le bec à mon père!

— On pourrait savoir qui vous êtes? a demandé un gendarme.

— Étienne Saumur, le fils.

— Vous étiez là au moment des faits?

— Non, je viens d'arriver.

— Dans ce cas, vous voudrez bien reculer et nous laisser interroger votre père.

— Mais bon Dieu, qu'est-ce qu'il a encore fait?

— Il a tout vendu aux putes! a crié une voix de femme.

— Tout son stock pour décorer un claque! C'est de la collaboration! a dit une autre.

— S'il vous plaît, un peu de calme, a ordonné le deuxième gendarme. On y verra plus clair quand tout le monde aura pu s'exprimer.

— Y a pas plus clair! Ce vieux poivrot finance le vice et le péché, c'est au trou qu'il faut le conduire, les putes et la maquerelle pareil!

Les schmitts ont attendu que ça se calme un peu et ont reposé la question à Jimino:

— Monsieur Saumur, donnez-nous votre version des faits, s'il vous plaît.

Sous le regard de mon père et d'une bonne dizaine de bonnes femmes prêtes à l'étriper, Jimino a fait son sourire qui énerve. Ça bouillonnait drôlement sous les marmites des vieilles biques.

— Pour commencer par le commencement, il se trouve que sur les coups de midi, une dame fort aimable, que je ne connaissais ni d'Ève, ni d'Adam...

— « Fort aimable », si c'est pas une honte ! a braillé Mme Blanchot. C'est elle, la mère maquerelle !

— Continuez, monsieur Saumur, a demandé le premier gendarme qui avait déjà l'air d'en avoir plein le dos.

Jimino m'a regardée et m'a fait un clin d'œil. Ça m'a fait plaisir de le voir heureux, et surtout que tout le monde l'écoute.

— Je disais qu'une femme fort sympathique s'est présentée à mon stand et m'a acheté tout ce qui me restait : bouquets, plantes en pots et fleurs en vrac. Je lui ai demandé ce qu'elle allait bien pouvoir faire de toutes ces fleurs, elle m'a répondu que c'était pour égayer la pension de jeunes filles qu'elle vient d'ouvrir.

— N'écoutez pas ce vieux machin ! Ça n'a rien d'une pension de jeunes filles, c'est un claque, qu'on vous dit !

Cette fois, c'était la veuve Lesallé qui sortait de sa gaine. Je pouvais pas l'encadrer, celle-là. Toujours à dire du mal de tout le monde, à rouspéter sur tout Une fois, elle avait raconté que c'était tant mieux si on m'avait foutue chez les tubards. Jimino disait que c'était une vieille folle et il avait raison. Et si son mari s'était suicidé, c'était sûrement à cause d'elle.

— Et que s'est-il passé ensuite ?

— Ensuite, certaines personnes se sont mis en tête de m'empêcher de faire mon travail.

— Vous voulez dire vendre vos fleurs à cette dame ?

— C'est cela. Un honnête fleuriste servant une brave femme qui vient s'installer chez nous. En tant que voisins, vous en conviendrez, la moindre des choses est de se montrer serviable.

— Tu penses ! Serviable avec des shampouineuses, on voit ce que ça peut donner ! a encore dit Mme Blanchot.

— Et qu'avez-vous fait ensuite, monsieur Saumur ?

— Il nous a traitées de rombières et de pisse-froid ! a répondu à sa place la mère Lapanolles que j'avais pas vue.

Là, mon père a levé les yeux au ciel. Jusque-là, il semblait plutôt content que Jimino ait vendu tout son stock, mais il comprenait aussi qu'il avait perdu des clientes.

— Ce sont les mots que vous avez employés ?

— Oui, mais pas à ce moment-là. Mme Lapanolles fait des raccourcis ou bien c'est sa mémoire qui déraille.

— Je ne vous permets pas, espèce de vieux pochard ! Je suis institutrice, je vous signale, vous me devez le respect ainsi qu'à toutes les dames ici présentes !

— C'est ce que je fais quand on ne marche pas sur mes plates-bandes ! s'est alors énervé Jimino. Je respecte tout le monde, hommes et femmes, même celles que vous appelez shampooineuses ! Pour qui vous prenez-vous pour décider qui a le droit au respect et qui ne l'a pas ?

— Je vais à l'église, moi, monsieur !

— Et ça fait de vous une sainte ? Répétez plutôt à messieurs les agents ce qui est sorti de votre bouche tordue quand vous m'avez vu servir Mme Ludwig !

Pendant quelques secondes, plus personne a parlé. Ça s'est regardé en chiens de faïence jusqu'à ce que la mère Lapanolles se sente obligée de répondre. Elle avait un air constipé qui prouvait que Jimino avait pas baratiné.

— Je n'ai fait que dire tout haut ce que tout le monde pense tout bas.

— Elle a dit que même une tonne de fleurs ne suffirait pas à embellir un dépotoir.

Tout le monde s'est tourné vers la grosse voix et j'ai reconnu le gars de la Pontiac Torpedo. Je connaissais pas son vrai nom vu que Jimino l'appelait toujours la Globule.

— François Jacob, retraité. J'étais présent lorsque le troupeau de vieilles biques ici présentes a chargé sur cette brave Mme Ludwig.

Des cris de protestation ont fusé de partout et j'ai bien cru que ça allait castagner.

— Tout institutrice et bigote qu'elle est, Mme Lapanolles, soutenue par Mmes Blanchot et Lesallé, a cru bon d'ajouter que ce serait le comble si nos campagnes se faisaient infester par la syphilis boche.

— C'est la pure vérité, a confirmé la veuve Lesallé ! Ni Boches ni putes chez nous, qu'elles aillent faire leurs saloperies ailleurs !

— Il y a des enfants, ici, des gosses de bonne famille, a ajouté Mme Blanchot, c'est pas un spectacle pour eux de voir des prostituées traîner dans nos rues.

— En avez-vous seulement vu une ? a demandé la Globule.

— On sait très bien où elles sont, et vous le premier !

— Vraiment ?

— Vous y êtes allé pas plus tard que ce midi ! Avec M. Saumur qui voudrait qu'on le prenne pour un fleuriste serviable, alors qu'il pense qu'à une chose, se rincer l'œil, ou avec un peu de chance, tâter de la fesse !

— Je n'ai fait que livrer ma cliente ! a tonné Jimino.

Là, mon père qui écoutait sans rien dire, a demandé des explications et Jimino lui a répondu aussi sec :

— Soixante-trois bouquets, une cinquantaine de pots et le reste en fleurs coupées, tu croyais quand même pas que Mme Ludwig allait les rapporter dans son cabas, non ? Mon ami François m'a aidé à tout charger dans sa voiture, sans ça, je serais encore à faire des allers-retours à pied !

C'était logique et mon père a rien trouvé à redire. À mon avis, il était plutôt en train de calculer si ça faisait bien la somme que Jimino avait donnée.

— Ce qu'il ne dit pas, votre père, a alors cafté Mme Beuzier qui avait encore rien dit mais qui attendait que ça, c'est que ça leur a pris deux heures, et qu'en deux heures, si on a le temps de livrer des fleurs, on a aussi le temps de semer de la graine !

Là, ça a un peu ronflé dans l'assistance. Faut dire que la mère Beuzier savait de quoi elle parlait, vu que son mari y avait passé toute la soirée de samedi avant de rentrer se faire assommer à coups de poêle.

— Mesdames, a répondu la Globule en gardant son calme, la prochaine fois que mes amis et moi ferons une petite fête, nous vous inviterons. Un verre de vin et quelques gigues rendront à vos intestins la fluidité qui leur manque ; si tant est que vos cerveaux y soient directement reliés, cela leur fera le plus grand bien.

Des yeux comme des soucoupes, elles ont fait, les bonnes femmes ! En passant par toutes les couleurs et incapables d'articuler une réponse. Autour, ça a gloussé pas mal et même les gendarmes ont rigolé. La première à retrouver ses esprits a été Mme Lapanolles. Elle a dit que de telles insultes devaient être punies sur-le-champ et que si les flics faisaient rien, elle en parlerait au préfet. Les autres ont dit la même chose, sauf Mme Blanchot qui manquait d'air et que deux gars ont emmenée respirer plus loin.

— Mesdames messieurs, j'aimerais un peu de calme, a dit un gendarme. Mon collègue et moi sommes ici parce qu'une plainte a été déposée.

— Une plainte de qui ? Pas de la Boche, quand même ? a demandé la veuve Lesallé.

— De Mme Ludwig ! a-t-il corrigé. Elle déclare avoir été insultée, ce qui semble être attesté ici, et avoir reçu des menaces. Dans sa déposition, certaines personnes auraient même parlé de mettre le feu à son établissement.

— Il y est déjà, le feu ! a piaillé la mère Beuzier. Au cul de ses poules ! C'est pas quand tout le village aura la vérole qu'il faudra le fermer, son bobinard! Vous représentez la loi, oui ou merde?

Là, elle y avait été un peu fort et ça a pas du tout plu aux gendarmes. Au point qu'ils ont sorti un calepin et lui ont collé une contredanse pour outrage. J'ai bien cru qu'elle allait s'étrangler. En tout cas, ça a calmé les autres et Jimino et la Globule ont pu raconter le reste de ce qui s'était passé. Lapanolles, Lesallé, Blanchot et Beuzier avaient bousculé Mme Ludwig, tenté de l'assommer avec des poireaux et des bouquets qu'elles avaient pas payés, et menacé de foutre le feu à sa pension. Jimino a confirmé qu'il les avait traitées de rombières et de pisse-froid, mais c'est passé comme une lettre à la poste. Les gendarmes ont alors dit qu'ils passeraient voir Mme Ludwig chez elle et qu'ils feraient un rapport. Après, il y aurait des suites ou non, c'était pas eux qui décidaient, mais en attendant, tout le monde avait intérêt à se tenir tranquille.

— Il y a un truc qui m'échappe, a dit mon père à Jimino pendant qu'on retournait vers la voiture. Si les mémés et cette Mme Ludwig se sont engueulées vers midi, qu'est-ce que vous foutiez encore au marché à quatre heures?

Jimino a fait celui qui avait pas entendu, mais quand mon père a reposé la question, il a été obligé de répondre.

— Je sirotais le pastaga chez Néné avec mon ami la Globule.

Néné, c'était un de la bande à Jimino. Il tenait une épicerie qui faisait bar, bureau de poste, et tout un tas de trucs qui rendaient service à tout le monde. Des fois, il venait jouer au ballon avec nous, ou nous aidait à réparer nos vélos quand ils étaient cassés, mais il était surtout connu pour ses coups de Trafalgar. Un été, il avait paradé sur la place de la mairie avec deux homards qu'il disait avoir pêchés dans la Dordogne. Le lendemain, il était revenu avec un saumon, et le troisième jour, comme les gens voulaient une preuve, il était retourné pêcher avec une quinzaine de témoins. Au bout d'un quart d'heure, tous l'ont vu ramener une rascasse sur la berge. Certains ont trouvé des explications scientifiques, d'autres ont dit qu'il fallait plus s'approcher de lui, il y a même un journaliste qui est venu faire un reportage. Néné lui a pas dit qu'il avait monté le coup avec un copain poissonnier et que la rascasse était ferrée depuis longtemps au bout d'une ligne cachée dans sa barque. L'année passée, il avait aussi fait croire qu'il allait accueillir deux demi-frères africains avec leur famille. Quinze, qu'ils étaient, et les mères enceintes jusqu'aux yeux ! Des Noirpiauds à La Chapelle-Meyniac, on a failli avoir une deuxième Révolution ! Néné, en vrai, il était berrichon et avait quitté son Berry que pour venir en Dordogne. Tout ça pour dire que c'était un drôle de zèbre.

Quand on est arrivés à la maison, je suis montée dans ma chambre et j'ai révisé ma leçon pour le mercredi d'après. Première fois de ma vie que je m'y prenais aussi tôt, mais là, c'était sérieux : des mots composés, savoir s'ils prenaient un tiret ou pas, comment on accordait au pluriel... Une *longue-vue*, tiret, mais un *marin pêcheur*, pas tiret ; des *plates-bandes*, un *s* à *plates* et à *bandes*, mais des *années-lumière*, pas de *s* à *lumière* ! J'ai rien compris. Ou plutôt, j'ai compris qu'il n'y avait pas de règle et que ça allait être la loterie. Après avoir appris par cœur et tout oublié dans les cinq minutes, je me suis demandé si à *double zéro* il fallait un tiret et comment on accordait au pluriel vu que j'allais pas être la seule à me répandre à l'interro !

Martha

L'interro sur les mots composés, on l'a pas eue grâce à Gagarine. Le mercredi 12 avril, pendant qu'on se préparait pour l'école, Monsieur faisait le tour de la Terre à bord de Vostok 1 ! On en a parlé toute la matinée et M. Lioret nous a fait écouter sa radio en classe. Gagarine a mis moins de deux heures pour faire le tour de la Terre. Avant de décoller, il a dit un truc qu'il avait sûrement préparé parce que ça sonnait bien : « Toute ma vie est désormais devant moi comme une simple inspiration. » On en a profité pour faire un peu de géo, à commencer par Baïkonour, un bled dont personne avait jamais entendu parler. C'est de là qu'il avait décollé, un peu après six heures. On savait pas où c'était et on s'en foutait. L'important, c'était qu'il y avait un homme dans l'espace. On s'est tous vus à sa place, même M. Lioret avec sa blouse blanche et sa patte folle. Un coup le jour, un coup la nuit, et encore le jour, à deux cent cinquante kilomètres d'altitude. Sur la fin du vol, ça a un peu merdouillé à cause de sangles qui se sont pas détachées quand il fallait, mais ça s'est arrangé dès qu'il est entré dans l'atmosphère. Il avait l'air calme, mais à mon avis, il devait avoir sacrément les chocottes, le Popov ! Moi, à sa place, j'aurais fait de l'huile ! À 7 h 35, il était au-dessus de l'Égypte, après, ç'a été la descente vers la mer Noire, et l'Union soviétique pour finir. Avec mon père, la veille, on avait mis trois heures pour aller à Toulouse.

C'était bizarre, ce vol spatial, ça chamboulait notre façon de penser. Rien serait plus pareil quand tout le monde pourrait aller dans l'espace. On y était pas encore, mais ça allait forcément venir. Ce jour-là, peut-être qu'on arrêterait de faire la guerre, ou simplement de se mettre des baffes et de s'engueuler pour rien. On en a parlé une fois que M. Lioret a éteint sa radio. Il voulait savoir ce qu'on en pensait et ce que ça pouvait changer pour nous. Rico a dit que Gagarine aurait dû passer plus de temps au-dessus de l'Italie, Victor a demandé s'il avait vieilli d'un jour de plus du fait qu'il avait traversé la nuit pendant le vol, mais Sarah a relevé le niveau en disant qu'après ça, elle se sentait minuscule et pas importante du tout, que si elle mourait demain, ça changerait pas la face du monde.

Je crois pas que c'est ce que M. Lioret attendait, mais moi, je pensais pareil, qu'on était pas grand-chose à côté des océans, des continents et des milliards d'hommes sur terre. Surtout que ça faisait des siècles que c'était comme ça. Un de plus ou un de moins, qui, à l'autre bout du monde, allait se demander s'il manquait quelqu'un à La Chapelle-Meyniac ? Jimino, Martha ou moi, rayé de la surface en un claquement de doigts, tout le monde s'en foutait. Je crois qu'on pensait la même chose parce qu'on avait toutes les deux perdu notre mère. Qui ça dérangeait qu'elles soient mortes ? Il y en avait même qui étaient pas au courant.

Jusqu'à onze heures et demie, j'ai mélangé tout ça dans ma tête sans trop écouter ce qui se disait. J'en ai conclu que, finalement, le père Youri m'avait foutu le moral à zéro avec son vol spatial ! Et ce qui devait être la fête, comme avaient dit les commentateurs à la radio, se traduisait pour moi par une question qui me turlupinait depuis que j'étais revenue de Gavarnie : qu'est-ce que je foutais là ? Déjà qu'on m'avait envoyée là-bas pour des prunes ! Pour être honnête, je me la posais depuis longtemps. Une fois, j'en avais parlé à Jojo, celui qui m'avait dégueulé sur les godasses le jour où j'étais arrivée au sana. Son père avait une théorie qui valait ce qu'elle valait : « Dans la vie, suis ton instinct, et si tu te retrouves dans la merde, c'est que t'as le nez bouché ! » Avec ça, j'étais parée ! Mais ça rejoignait un peu ce qu'avait dit Youri avant de décoller : « Toute ma vie est désormais devant moi comme une simple inspiration. »

Ce qui fait que sur le chemin pour aller chez Martha, je savais plus si ça valait le coup de triturer le passé et de poser des questions sur ma mère. Des photos, comme j'avais pensé en demander, j'étais plus sûre d'avoir envie de les voir. Ma vie aussi était devant moi et je me disais que c'était pas une bonne idée de la prendre à reculons.

— T'as été au marché, hier ?

J'aurais klaxonné, elle m'aurait vue venir de la même façon.

— Oui. Et comme tous les jeudis, je suis rentrée pour neuf heures.

Sa manière à elle de me dire qu'elle avait rien vu de la corrida. N'empêche que je savais qu'elle laissait toujours traîner une oreille et qu'elle était forcément au courant.

— Tu savais, toi, qu'il y avait un claque à la Duduc ?

Je sais pas si c'est le mot qui coinçait ou le fait que j'étais au courant, en tout cas, elle m'a fait des yeux noirs.

— On ne dit pas un claque, on dit une maison close, et quel que soit le nom, ce ne sont pas des histoires pour toi.

C'était les deux qui coinçaient.

— Le père de Rico dit que c'est interdit.

— Il a raison.

— Alors, pourquoi il y en a une à la Duduc ?

Martha, elle a le même pouvoir que Jimino. Quand elle regarde quelqu'un dans les yeux, elle lit tout ce qui se passe dans son crâne. Et là, elle a lu que j'avais pas l'intention de changer de sujet.

— Bon, elle a fait en me servant une tonne d'endives, puisque tu veux tout savoir, commence par enregistrer ça : il y a toujours eu et il y aura toujours de la prostitution dans tous les pays du monde. On peut l'interdire, la combattre ou l'ignorer, ça ne changera rien. Si elle arrive ici aujourd'hui, c'est que c'était son heure.

Ce que j'aimais bien avec Martha, c'est qu'une fois qu'on entamait un sujet, elle me parlait sans chichis. Sûrement parce qu'elle avait été infirmière. Elle disait les choses comme elles étaient, c'est elle qui m'avait appris la différence entre les gars et les filles, comment on faisait les enfants, à quoi servaient les règles et des tas d'autres trucs qui faisaient que j'en savais plus que les autres. J'en avais aussi appris pas mal d'Hélène, qui avait un an de plus que moi, et de Sarah qui avait deux grands frères.

— Son heure, ça veut dire que c'était le destin ?

— Ça veut dire qu'un jour ou l'autre, ça devait arriver. Et si tu veux mon avis, c'est pas plus mal que les filles soient dans une maison close plutôt que de traîner dans la rue.

— Pourquoi ?

— Parce que ces choses-là doivent rester discrètes.

— Mais si tout le monde sait qu'il y a une maison close, ça a plus rien de discret ?

Là, je l'ai un peu coincée. Elle a mâché ses endives pour se donner du temps, mais elle a rien trouvé parce qu'elle m'a fait signe de finir mon assiette. Je me suis dit que c'était pas la peine de l'embêter plus que ça, seulement, comme une débile, je lui ai raconté notre virée à Toulouse, avec papa, la caserne, le militaire qui voulait qu'on revienne à deux heures et l'autre qui demandait un papier prouvant que maman était morte. Martha m'a regardée comme si j'avais perdu toutes mes dents, et moi, toujours inspirée, j'ai posé la question qui tue :

— S'il trouve pas le papier, il va aller en Algérie ?

Elle a pas répondu tout de suite. Elle a même pas répondu du tout. Je suis restée bécasse devant le steak qu'elle venait de me servir, à attendre une réponse, alors j'ai commencé à manger avant que ce soit froid.

Comme Martha était pas le genre à esquiver, j'ai compris qu'elle était pas au courant pour l'Algérie.

— Il a reçu une lettre lundi pour aller faire la guerre.

Elle a enfourné un bout de steak, mais elle aurait pu manger un bout de nappe qu'elle s'en serait pas plus rendu compte. Ça m'a ennuyée parce que je savais que je venais de lui faire des soucis.

— Et donc, il t'a emmenée à Toulouse ?

— Il voulait faire rectifier l'erreur parce qu'il dit que c'est impossible qu'il aille faire la guerre à cause de moi et de son service qu'il a déjà fait.

C'était un vrai charabia. J'avais pas prévu qu'elle soit pas au courant et ça me stressait de devoir lui raconter à la place de papa. Parce que quand même, il aurait pu venir lui dire ! En plus, dans ma tête, c'était pas bien clair. J'y comprenais rien, aux événements d'Algérie, et encore moins pourquoi mon père devait y aller.

— Ils lui ont demandé de revenir avec la preuve qu'il était veuf ?

— Oui.

— Et qu'a dit ton père ?

— Que c'était des cons.

Elle a acquiescé, je sais pas si elle trouvait aussi que c'était des cons ou si c'était pour autre chose.

— Et quand est-ce qu'il y retourne ?

Ça, je savais pas. Il avait rien dit là-dessus, même si j'avais cru comprendre que ça serait bientôt. Elle a encore fait la grimace et puis elle a souri, mais c'était pas un vrai sourire.

— Ne t'en fais pas, ils vont se rendre compte qu'il a déjà fait son service. De toute façon, cette guerre est bientôt terminée, il n'y a plus de raison d'y envoyer des hommes.

Si Martha le disait, ça devait être vrai. Elle s'y connaissait, dans ce genre de trucs. Des fois, avec Jimino, ils s'engueulaient sur les présidents, les ministres, et souvent elle avait raison.

— Je lui ai demandé qui me garderait si jamais il devait y aller quand même, mais il a pas voulu me répondre.

Je l'ai encore contrariée, mais j'avais besoin de savoir. J'en avais marre qu'on me dise au dernier moment que j'allais devoir partir ici ou là.

— Tant que tu as de la famille, tu restes. Tu as une chambre à côté de la mienne, et pour ton grand-père, c'est la même chose. À propos, quand restes-tu dormir ?

C'était histoire de changer de sujet. J'ai répondu qu'il fallait que je demande à papa, et que si ça posait pas de problème, je pouvais venir samedi. Martha a dit que c'était d'accord, après, on a parlé de Gagarine. Elle trouvait ça bien qu'un homme soit allé dans l'espace, mais elle se demandait s'il valait pas mieux se pencher sur ce qui se passait sur terre avant d'aller voir là-haut. Moi, je pensais qu'on pouvait faire les deux.

L'après-midi, en classe, on avait un peu rêvé qu'elle passerait à l'as, mais on s'est farci l'interro sur les mots composés. Comme prévu, j'ai été nulle. Tout ce que j'avais appris la veille s'est mélangé et j'ai fini par mettre au pif. On a fait la correction juste après et j'aurais dû avoir deux sur dix. M. Lioret a décidé que l'interro compterait pas parce qu'on s'était tous plantés. C'est pas la mère Lapanolles qui aurait fait un truc pareil ! Elle aurait été trop contente de me rendre ma copie toute barbouillée de rouge, et peut-être même qu'elle m'aurait mis un mot sur le cahier. M. Lioret, c'était pas le genre à enfoncer les nuls, il les aidait juste à être moins nuls.

Comme après on a fait du dessin, j'ai eu le temps de penser au claque et à Mme Ludwig. Je me demandais comment tout ça pouvait exister, les putes, les mères casse-bites... Surtout qu'elles étaient pas vieilles à ce qu'avaient dit Victor et Alain. Avec des gros roberts et des robes en dentelle. Ce qui voulait bien dire qu'ils allaient souvent s'y rincer l'œil. Ce que j'arrivais pas à comprendre, c'est pourquoi les putes devenaient putes. Il y avait des tas de métiers à faire, dans les usines, les magasins, les bureaux, ou dans les champs, les écoles... même sans être une lumière. Eh ben non, elles préféraient aller au claque ou sur le trottoir attirer les bonshommes des autres. Moi, je savais pas ce que je voulais faire plus tard, mais en tout cas, pas pute. En plus, c'était interdit. Sauf que Martha avait dit qu'il y en avait toujours eu et qu'il y en aurait toujours. Elle avait aussi dit que c'était pas des histoires pour moi et c'est peut-être pour ça que j'arrivais pas à piger. Ou alors, c'était pas un métier si nul que ça. Les seules que j'avais entendues critiquer, c'était la bande à la mère Beuzier. Celle-là, c'était pas Brigitte Bardot. Même avec de la dentelle en veux-tu en voilà, elle ferait toujours penser à un hippopotame. Au sana, Cambouis en avait plein, des photos de

Bardot, punaisées dans son atelier, toute bronzée et les jambes à l'air. Il disait que c'était la plus belle femme du monde et que les Américains allaient nous la piquer. Ça m'aurait fait mal parce que c'était vrai que c'était la plus belle femme du monde. S'ils voulaient, on pouvait leur refiler la mère Beuzier. Ou faire un lot avec la Ridel, la Lesallé, la Blanchot et la mère Lapanolles. Cinq pour le prix d'une, si avec ça ils étaient pas contents !

Peut-être aussi que ça leur plaisait, ce métier, aux putes ? Elles s'habillaient avec des belles robes, se faisaient choisir par des types qui avaient déjà des femmes, ce qui voulait dire qu'elles étaient plus jolies ou plus gentilles. Y a juste que des fois, les types pouvaient être moches, puer le bouc ou avoir des dents toutes cariées. Alors là, fallait avoir le cœur bien accroché pour rouler des galoches ! À Gavarnie, il y avait Réglisse, un fermier qui avait des chicots tout noirs. Il était pas fute-fute parce qu'il se marrait comme un bossu quand on l'appelait comme ça. Quand on était pute et qu'on voyait débouler un engin pareil, on devait pas trop se bousculer au portillon. Tout ça pour dire que je comprenais pas bien pourquoi il y avait des putes, et encore moins à La Chapelle-Meyniac.

Pour mon dessin, comme il fallait représenter un animal qu'on aimait bien, j'ai fait un chien, comme celui qui venait boulotter des fraises dans notre jardin. Fallait savoir que c'était un chien parce qu'il ressemblait à n'importe quelle bestiole poilue qui marche à quatre pattes.

De la part d'Hannah

On était vendredi et le lendemain, M. Lioret nous a dit qu'on ferait atelier théâtre. Ça voulait dire pas de devoirs et pas de révisions. Avec Sarah, on a traîné un peu devant l'école et une fois que tout le monde est parti, on a pris le chemin de la Duduc sans se faire voir. C'est elle qui a proposé, mais ça devait se lire en gros sur mon visage que j'avais envie d'aller voir aussi.

Gratte-Couilles

Au lieu d'y aller par la route, on a coupé par la forêt pour pas se faire voir de la mère Blanchot qui a sa maison à côté. On s'est un peu griffé les jambes avec les ronces, mais on a vite retrouvé le chemin. Il nous a pas fallu dix minutes pour arriver à la Duduc. Sarah est passée devant pour me montrer l'endroit où le mur d'enceinte était tombé ; il y avait juste à escalader un tas de pierres pour entrer dans le parc. Il faisait chaud, on avait soif, mais on était tout excitées d'être là. On l'a bouclée pour pas se faire repérer et on a avancé le plus près possible en se cachant derrière les arbres. C'est là qu'on a vu Gratte-Couilles.

Il faisait peur à plein de monde, mais avec Sarah, on l'aimait bien. On savait qu'il nous ferait pas de mal. On comprenait pas toujours ce qu'il disait, des fois il avait des réactions bizarres, comme s'énerver tout seul dans son coin, paniquer devant un piaf crevé ou se boyauter à en pisser dans son froc pour trois fois rien, mais il était gentil et avait toujours le sourire quand il disait bonjour. Sauf qu'il était pas normal. Ça se voyait à son visage tout rond, ses yeux minus ou sa langue qu'il sortait tout le temps, mais surtout au fait que c'était pas facile de discuter avec lui. C'est pas qu'il écoutait pas, mais il répondait souvent à côté. Et comme il avait jamais vraiment été à l'école, on avait pas les mêmes choses à se dire. Il avait dix-huit ans, en paraissait treize, il était le fils d'un maçon et d'une couturière qu'on voyait pas souvent au village. Comme il leur prenait tout leur temps, ils avaient pas fait d'autre gosse, mais les cons du village disaient que c'était parce qu'ils avaient peur de faire un autre débile. Martha m'avait expliqué qu'il avait une maladie qui aurait pu tomber sur n'importe qui, qu'elle était déjà là avant qu'il naisse et qu'on pouvait pas la soigner. Seulement, les cons, ils s'en foutaient de savoir ça. Ils se moquaient de lui de loin et quand ils le croisaient sur le trottoir ou dans un magasin, ils faisaient ceux qui l'avaient pas vu. Transparent il était, Gratte-Couilles, dans ces moments-là, trop peur qu'il leur parle ou qu'il leur demande de jouer avec lui. Et deux minutes plus tard, les cons racontaient à des copains encore plus cons qu'ils l'avaient vu la main dans la culotte à rigoler comme un bossu. Ben oui, Gratte-Couilles, il se trimbalait la plupart du temps avec la main dans le falzar, même que ça lui en avait fait un surnom. En réalité, il s'appelait Jérôme. Même nous, on l'appelait Gratte-Couilles, et comme ça le faisait marrer, on se disait que ça le dérangeait pas. C'était un surnom comme un autre, pas plus méchant que Bonbonne ou Phlegmon.

Donc, quand on est arrivées tout près de la Duduc, on a vu Gratte-Couilles planqué derrière un arbre, la main dans le froc. On a regardé au même endroit que lui, une fenêtre ouverte qui donnait dans le grand salon du rez-de-chaussée, et on a vu des bonnes femmes qui riaient. Au moins six ou sept. Ce qui m'a frappée en premier, c'est leurs tenues. Que des couleurs vives, du rouge, du vert, du jaune, ça faisait drôlement gai. Ensuite, je me suis dit qu'elles risquaient pas de crever de chaud parce que ça couvrait pas grand-chose. Y en a même une qui avait les doudounes presque sorties. M'étonne pas que le père Beuzier y ait passé tout un samedi soir ! C'est qu'après que j'ai réalisé que ces nanas étaient bien plus jeunes que j'aurais pensé. Je sais pas pourquoi, pour moi, les putes avaient au moins quarante ans et faisaient le tapin parce qu'à leur âge elles pouvaient plus faire autre chose. Un autre truc qui m'a surprise, c'est que je croyais que c'était une vie à la gomme : toute la journée à picoler ou à se cacher pour pas se faire écharper par les femmes des maris. J'avais tout faux : celles-là avaient l'air d'avoir la patate !

— Tu crois qu'elles ont des mômes ?

J'y avais jamais réfléchi. En plus, c'était la première fois que je voyais des putes en vrai.

— Peut-être. En tout cas, elles pourraient.

J'ai regardé dans le salon et c'est là que j'ai vu Mme Ludwig. Je la connaissais pas, mais ça pouvait être qu'elle ! Une costaude avec les cheveux tirés en arrière, des bras comme mes deux cuisses, serrée dans une robe rouge vif qui faisait ressortir deux lolos comme j'en avais jamais vu. Dès qu'elle est arrivée, les filles se sont calmées. Elle a eu l'air de donner des ordres et en moins de deux, il y avait plus personne au salon, ce qui fait que Gratte-Couilles s'est retrouvé comme un nigaud et nous aussi. On était sur le point d'aller le voir quand une voiture est entrée dans le parc, une Buick rouge et blanc. Dedans, il y avait un type en costume. Il s'est garé sous un arbre, a éteint sa cigarette et est sorti tranquillement, comme s'il s'en foutait que quelqu'un le voie. On aurait dit un banquier, ou un Américain. Si ça se trouve, c'en était un, sauf que sa bagnole avait une plaque de la Dordogne. Il est allé droit vers le perron de la Duduc, a sonné et quelqu'un qu'on a pas vu est venu lui ouvrir.

— M'a pas l'air d'être plombier, çuici ! a dit Sarah.

On l'avait jamais vu de notre vie, et c'est vrai qu'il avait de l'allure. À sa façon de pas se presser et de faire comme chez lui, on voyait aussi que c'était pas la première fois qu'il venait.

— Pourquoi ils viennent là, les bonshommes ? j'ai demandé à Sarah.

Elle m'a regardée comme si j'étais la reine des cloches.

— Parce que c'est des queutards !

Je savais ce que ça voulait dire, mais quand même, ça m'étonnait qu'un type qui roulait en Buick vienne ici.

— Après, il rentrera chez lui, fera une bise à sa femme et jouera au ballon avec ses gosses.

Sarah avait l'air d'en connaître un rayon et je lui ai demandé comment elle savait tout ça. Elle a répondu que sa tante avait passé le jeudi chez eux et parlé de ça à table. Elle en avait dit cent fois plus, et Sarah pensait que c'était pour que son oncle, qui se faisait tout petit, ait pas dans l'idée d'aller pointer à la Duduc. La tante de Sarah, c'était un vrai char d'assaut ! Quand elle disait quelque chose, fallait pas tarder à obéir, sinon, ça gueulait et l'instant d'après, elle sortait la boîte à calottes. Et du coup, son oncle, c'était une vraie serpillière, un grand sifflet tout sec avec une voix qu'on entendait à peine. La tante disait qu'il fallait pas s'y fier, que c'était bon à rien et compagnie et que si on lui lâchait la bride, ça deviendrait un vrai flibustier.

— Tu sais combien ça coûte, une pute ?

J'en avais aucune idée et Sarah non plus. Elle m'a dit que son frère aîné économisait pour y aller, qu'il demandait partout s'il pouvait laver des bagnoles ou tondre des jardins pour gagner des ronds. Sauf qu'à quinze ans, il mettait encore des culottes courtes, des sandales usées jusqu'au trognon, et que d'après Sarah, ses slips avaient souvent des traces de pneu.

Comme il se passait plus rien et qu'on commençait à s'emmerder, on a appelé Gratte-Couilles. Il a tourné la tête de tous les côtés et quand il nous a vues, il a souri comme si on était Donald et Pluto. Il nous a rejointes en rigolant comme une baleine.

— Les femmes tout nu ! il a beuglé en montrant la Duduc de la main.

On lui a dit qu'on avait vu et on lui a demandé depuis combien de temps il était là.

— Matin ! il a répondu comme si c'était évident.

— T'es là depuis ce matin ?

— Matin, midi, là !

— Ça veut dire que t'as rien mangé !

Il a froncé les sourcils et a fui du regard comme si je l'avais engueulé. J'avais parlé sec, mais c'est parce que ça m'embêtait qu'il soit resté ici sans penser à rentrer manger. Gratte-Couilles, c'était comme un bébé, il se rendait pas compte du danger. Plusieurs fois, il s'était paumé en suivant une voiture parce qu'il aimait bien la personne qui était dedans ou parce que le modèle lui plaisait. Ce ballot-là s'était aussi fait plusieurs fois mordre par des chiens, le plus souvent parce qu'il voulait jouer avec eux ou faire un brin de sieste dans leur niche. On a fouillé dans nos cartables et on lui a filé ce qu'on avait pas mangé : du pain avec du chocolat et deux berlingots de lait Nestlé qu'il s'est enfilés sans respirer.

— Hannah, Sarah, elles ont pas des nichons comme les femmes ! il a dit pour nous remercier.

— On a onze ans, pauvre brêle ! a répliqué Sarah. Tu veux pas qu'on mette des porte-jarretelles, tant que tu y es ? Et quand on en aura, tu pourras te brosser, c'est pas à toi qu'on les montrera.

Moi, je m'en foutais, j'avais pas encore onze ans, mais Sarah, ça la travaillait. Elle se demandait pourquoi ça poussait sur Fabienne qui avait à peine deux mois de plus qu'elle et pas sur elle. Et comme Fabienne voyait que ça la foutait en rogne, elle lui faisait remarquer qu'elle mettait des soutiens-gorge. Comme tous ceux d'en haut, fallait toujours qu'elle trouve un prétexte pour faire chier !

— M'en fous, des nichons, n'en a plein la Duduc !

Gratte-Couilles a rigolé avec sa grosse tête de bébé et Sarah a souri parce que c'était pas la peine de discuter.

Quand je suis rentrée, papa m'a demandé où j'étais fourrée depuis la sortie de l'école et si j'avais des devoirs à faire. J'avais pas prévu qu'il soit à la maison et encore moins qu'il me pose des questions, ce qui fait que j'ai dû improviser. J'ai dit que j'étais chez Sarah et qu'on avait fait des recherches sur Gagarine. Si je lui avais dit que j'avais marché sur un énorme chewing-gum qui m'avait empêchée d'avancer, je crois qu'il m'aurait laissée monter pareil dans ma chambre. Dans ces cas-là, valait mieux pas demander d'explications.

Quand j'avais rien à faire dans ma chambre, je prenais un bouquin et je lisais sur mon lit. Quand j'étais plongée dans *Oliver Twist*, on pouvait jouer de la grosse caisse à côté, j'entendais rien. Là, j'ai pris un livre au hasard, *L'Enfant*, de Jules Vallès. Ça m'a paru bien, surtout que c'était pas écrit trop petit. Le premier chapitre parlait d'une mère qui était une vraie peau de vache et qui filait des peignées tous les matins à son Jacques Vingtras de gosse. Pas du tout le genre que j'avais envie de lire. En général, dès que ça parlait d'une mère, je laissais tomber. Mon père est entré à ce moment-là dans ma chambre pour m'annoncer la nouvelle et j'ai arrêté de lire.

— Tu vas manger toute seule, ce soir. Jimino est avec ses copains de beuverie et moi, je dois sortir.

— Tu vas où ?

Lui aussi avait perdu l'habitude qu'on lui pose des questions, ce qui fait qu'il a mis du temps à répondre. J'ai même pensé qu'il cherchait un bobard.

— Je sors, c'est tout.

Ça, c'était de la réponse ! C'est pas que je voulais des détails, mais au moins savoir où il allait, avec qui, s'il allait s'amuser. Du coup, quand il est parti et que je me suis retrouvée seule, ça m'a rien fait. Il pouvait même passer tout le week-end où il voulait, je m'en foutais. J'étais assez grande pour me faire à manger, me coucher et me lever le lendemain pour aller à l'école. C'est juste qu'encore une fois, j'avais l'impression d'être invisible. J'étais bonne pour écrire ma vie, comme Jules Vallès. Je recevais pas de coups de fouet tous les matins, mais c'était pas mieux. Et je commençais presque à regretter le sana. Hélène, Jojo et Tambouille, qu'est-ce qu'ils faisaient à cette heure-là ? Les cons, sûrement. Souvent, le vendredi, on voyait un film au réfectoire, un truc d'aventures quand c'était la semaine des mômes, une histoire d'amour quand c'était celle des vieux. Moi, j'aimais bien les deux, même si les histoires d'amour, je trouvais ça mou du genou. Toujours un gars qu'on empêche de bécoter celle qu'il aime, qu'on envoie à l'autre bout de l'Amérique et qui revient à la fin pour la sauver d'un mariage avec une tête de nœud qui a plein de sous mais qui est moche comme un pou. Au moins, dans les films d'aventures, il y avait de la bagarre et des trucs rigolos. Ceux que je préférais, c'était les films de corsaires, comme *Capitaine Blood*, avec Errol Flynn. Ou *Robin des Bois*, toujours avec Errol, même s'il avait l'air couillon avec son costume vert pomme. J'aimais bien aussi les comédies musicales avec Gene Kelly, ça swinguait, comme le jazz de Jimino. Sauf quand la Callas se mettait à chanter en même temps, ça gâchait tout.

J'ai attendu qu'il fasse presque nuit et je suis descendue me faire des œufs à la coque. J'ai préparé des mouillettes et j'ai compté dix minutes sur la pendule pour l'eau. Sauf que dix minutes, c'était pour les œufs durs et que c'était trop tard pour revenir en arrière. Du coup, mes mouillettes, je pouvais les foutre en l'air parce qu'avec du pain, il y avait que le niolo à manger, et là, pas question que je m'emboucane la gueule toute la nuit. J'ai pris une pomme, du chocolat et je suis remontée dans ma chambre avec mes œufs durs sur un plateau.

L'Enfant, ça m'avait donné envie de lire. J'ai été le reposer sur l'étagère et j'en ai sorti un autre au hasard. Ça parlait d'un gars qui était dans son lit et qui arrivait pas à se lever parce qu'il était plus vraiment humain. Grégoire, il s'appelait. Ça me rassurait parce que des fois je prenais des livres où les gars avaient des blazes à coucher dehors, comme Arnolphe, Clitandre, ou des pires que j'arrivais pas à retenir. Là, Grégoire, ça allait, sauf qu'il devait pas être bien net parce qu'à la place des bras et des jambes il avait des pattes, et son corps s'était transformé en carapace de je savais pas encore quoi. Le premier truc qui l'a inquiété, c'est que ses parents l'appellent pour déjeuner et qu'il risquait d'être en retard au boulot. Moi, je serais tombée dans les pommes si je m'étais réveillée avec des pattes à la place des bras. J'ai repensé à *L'Enfant* et je me suis dit que ç'aurait été marrant que la mère Vingtras déboule dans la chambre de Grégoire avec son fouet pour lui coller une danse! Mais là, c'est moi qui devenais pas nette. J'en ai pris un autre et je me suis couchée avec mes œufs à côté. Celui-là, je l'avais choisi à cause du titre.

Le premier chapitre, j'ai rien compris, mais heureusement, il faisait qu'une page. On savait même pas comment s'appelait le héros. Le deuxième, je l'ai dévoré. Le gars était normal, sauf qu'il avait une araignée géante aux trousses. Plusieurs fois, il était à deux doigts de se faire embrocher par son dard, mais il arrivait *in extremis* à s'en sortir. Il s'appelait Scott et rétrécissait tous les jours. Au bout de six jours, il avait calculé qu'il disparaîtrait ! J'ai bouffé mes œufs et ma pomme sans m'en rendre compte. En même temps, je pensais à moi s'il m'arrivait la même chose. Avec mon mètre quarante-six, il m'aurait pas fallu une semaine pour disparaître. Mon père m'aurait dit que je faisais tout pour me faire remarquer, mais en même temps, ça m'aurait plu de devenir assez minus pour que plus personne me voie. J'aurais pu espionner tout ce que je voulais, fouiller dans les tiroirs, lire les lettres des autres, découvrir des secrets. Sauf que j'aurais pu en parler à personne, encore moins l'écrire, vu que le plus petit crayon aurait été cent fois plus gros que moi ; et ça, c'était nul, parce qu'un secret qu'on pouvait pas partager, ça servait à rien. Le seul avantage, c'est que personne aurait été là pour me dire de me lever le matin, de me coucher le soir, de me brosser les dents ou de faire mes devoirs. Mais si c'était pour me faire attaquer par des araignées géantes, merci !

J'ai refermé le bouquin, j'ai posé mon plateau par terre et je me suis déshabillée en trois secondes. En me recouchant, mes pensées sont revenues vers les trois livres que j'avais commencés, et la conclusion que j'en ai tirée, c'est que Scott, Grégoire, Jacques Vingtras et moi, on avait pas tiré le gros lot à la naissance. Cela dit, c'était pas moi la plus mal barrée.

La bagarre

Pendant une semaine, il s'est rien passé à La Chapelle-Meyniac. Par contre à Cuba, le 17 avril, les Américains ont débarqué et ont pris une déculottée. Jimino a dit que c'était bien fait pour eux, que ça leur montrait qu'ils étaient pas les maîtres du monde et qu'ils allaient sûrement y réfléchir à deux fois avant d'attaquer un autre pays. On en a reparlé en classe et M. Lioret nous a montré sur une carte où c'était. Il a un peu essayé de nous expliquer les histoires de guerre froide contre les Popov, Castro qui avait viré les rupins d'Amerloques qui frimaient avec leurs grandes propriétés et leurs cigares, ou encore la position stratégique dans les Caraïbes, mais ça nous est passé au-dessus... En tout cas, c'était pas du tout à cause des belles plages et des belles bagnoles, comme le croyait P'tit Jacques. Le seul truc qu'on a retenu, c'est qu'ils avaient pris une branlée, et si Jimino disait que c'était bien fait, alors c'était bien fait !

Le lendemain, c'était samedi et on avait prévu de faire un baseball contre ceux d'en haut. On préférait ça au foot parce que tout le monde pouvait jouer, les gars et les filles ensemble. C'était pas vraiment un sport de chez nous, mais à côté de Brive, il y a longtemps eu une base américaine. Je crois que c'est de là que ça vient, comme les Buick qu'on croisait de temps en temps, ou la Pontiac de la Globule. Toujours est-il que ça faisait trois jours qu'on en parlait et ça s'échauffait de plus en plus pour savoir quel camp allait mettre une pile à l'autre. Tout le monde mettait sa technique au point, on se creusait pour décider qui allait frapper en premier, qui se sentait de lancer contre La Vérole, un gaucher de treize ans qui cognait comme un sourd et, le plus important, qui avait le moins peur de plonger à la Bouse-de-l'Âne. Comme il avait pas plu depuis plusieurs jours, le stade était sec et c'était forcé qu'on allait rentrer avec les genoux écorchés. Moi, je m'en foutais, une fois que j'étais dans le match, je pensais plus à rien. Sarah pareil, mais Victor et surtout Alain faisaient souvent leurs chochottes au moment de plonger.

Tout était prêt pour une belle partie, sauf qu'on a pas eu le temps de frapper une seule balle. À cause de moi, en plus ! Et d'Adrien, une tête à claques qui avait le chic pour dire des saloperies sans en avoir l'air. Une fois tout le monde prêt à jouer, les marques mises au sol et les battes bichonnées avec le crachat qui promettait de mettre des pastèques jusque sur la Lune, ce grand con est passé devant moi pour me poser une question qu'en était même pas une :

— Ça doit faire bizarre de savoir que son père va aux putes, non ?

Sur le moment, j'ai même pas pensé que ça s'adressait à moi. C'est quand j'ai levé les yeux et que j'ai vu sa tête de fouille-merde et son sourire en coin. C'est là que j'ai compris qu'il parlait de mon père. Ç'aurait été un autre, je l'aurais juste traité de sac à merde, mais Adrien, c'était pas la première fois qu'il dégueulait comme ça sur un de nous. Une fois, il s'était débrouillé pour que tout le monde sache que le père de Louison était pas en voyage, mais en tôle. Il avait un oncle qui travaillait à la prison de Montauban, et le pire, c'est que Louison était pas au courant.

Je sais pas si toutes les saloperies qu'il avait dites sont ressorties d'un coup, ou bien si ça me faisait mal de me dire qu'il avait peut-être raison, toujours est-il que j'ai pas réfléchi et que je lui ai collé un ramponneau en plein sur son gros pif. Il s'est attrapé le nez à deux mains et quand il a vu le sang qui pissait, il a hurlé, a levé les mains vers moi comme s'il pensait plus qu'à m'étrangler, et j'ai rien trouvé de mieux que de lui coller un deuxième bourre-pif au même endroit. Ça l'a calmé d'un coup. Il m'a regardée avec des grands yeux tout couillons et il a même pas pleuré. Je crois qu'il savait plus trop ce qui lui arrivait. Personne d'en haut est venu le défendre, j'ai même pensé qu'il allait rentrer chez lui et qu'on allait pouvoir commencer notre match. Sauf qu'il a fallu qu'un crétin demande ce qui s'était passé et qu'un autre crétin répète que mon père était allé aux putes. Celui-là, il était à portée de main et comme j'étais bien échauffée, je lui ai filé une baffe sans même m'en apercevoir. Et comme tout le monde m'a vue et que c'était un d'en haut, on était partis pour une bataille rangée.

J'ai pas bien vu qui tapait sur qui, mais ce qui est sûr, c'est qu'un paquet de marrons ont dégringolé.

Jeanjean et Floriane me sont tombés dessus en même temps, ils m'ont attrapée par la tignasse et m'ont foutue par terre pour me filer des coups de pied dans les tibias et des baffes sur la tête. Je sais pas qui les a repoussés, mais quand j'ai pu me relever, je voyais plus qu'eux. Le Jeanjean, même s'il était plus petit que moi, j'avais pas de scrupules à lui claquer la gueule, et la Floriane qui m'avait griffé la joue, je lui ai envoyé plein de sable dans les yeux avant de lui filer un gnon dans son gros bide. Quand ils ont chialé tous les deux, je me suis tournée vers le reste de la bagarre. Rico et Fabienne venaient de retirer son short à La Torgnole, un gars comme Jacques Vingtras qui prenait des beignes tous les jours à la maison. Ils se marraient et couraient en se le lançant pour le faire bisquer. La Torgnole, il était pas gros comme Bonbonne, mais pas loin, ce qui fait qu'il risquait pas de les rattraper. Il pleurait et je savais pas si c'est parce qu'il était en slip ou parce qu'il allait encore se faire calotter à la maison. Heureusement, Fabienne est passée tout près de Sarah et s'est retrouvée sur le cul en moins de deux. Sarah s'est jetée sur elle et l'a retournée dans la terre pour la dégueulasser autant qu'elle pouvait. Elle lui a tiré les cheveux et lui a craché au visage plusieurs fois. Avec ses nichons et sa coiffure à la Jeanne Moreau, elle ressemblait plus à rien. J'ai pas vu la suite parce que j'ai dû me colleter avec la Jument, qui en vrai s'appelait Bruno mais qui avait des dents comme Fernandel. Il était plus grand que moi, mais pas aussi rapide. Il a voulu m'envoyer un coup de poing dans la figure, j'ai esquivé et je lui en ai foutu toute une série dans son râtelier. J'avais même pas fini qu'il s'est jeté par terre comme une mauviette. J'en ai profité pour lever la tête et j'ai compris qu'autour de moi, c'était sur le point de se calmer. Il y avait juste La Vérole qui avait ceinturé Sarah, mais je savais qu'il allait pas lui faire grand mal vu qu'il était amoureux d'elle. Ensuite, tout le monde s'est relevé, on s'est insultés et chaque camp s'est reformé pour partir de son côté. C'était le moment du bilan, du comptage des bosses et des détails qui faisaient les légendes.

À part la griffure sur la joue, mes deux genoux écorchés et un œil qui me faisait mal, j'avais pas grand-chose. Par contre, ma robe était bonne pour la casse. Toute déchirée sur le côté, la couture de la manche craquée sur vingt centimètres, j'avais l'air d'une miteuse. Mais pas autant que Jacqueline qui avait bien morflé aussi. Elle a raconté qu'elle s'était roulée en boule parce qu'ils s'étaient mis à trois pour la cogner. Son œil commençait à verdir, son oreille saignait et ses cheveux ressemblaient à de la paille. Pourtant, ça la faisait marrer. Elle disait que sa mère faisait toujours gaffe à bien l'habiller, qu'elle mettait des heures à la coiffer et que des fois, elle avait l'impression d'être sa poupée. Là, elle avait l'air d'une clocharde et ça la changeait. Elle avait même pas peur de rentrer chez elle, contrairement à la plupart d'entre nous.

Ce qui était bien dans nos bagarres avec ceux d'en haut, c'est que ça restait loyal. Personne avait l'idée de cogner avec une batte, c'était jamais arrivé non plus qu'on se lance des pierres et généralement, les filles visaient pas les couilles. Sauf accident. Une fois,

Rico avait dû aller à l'hôpital parce que Sarah lui avait tapé dans les calots. Mais elle l'avait pas fait exprès et s'était excusée.

Les deux seuls qui avaient presque rien, c'était Alain et Victor. On savait pas comment ils se débrouillaient, mais ils arrivaient toujours à éviter les coups et à pas déchirer leurs vêtements. Jules et Françoise aussi savaient passer entre les beignes, mais c'étaient des petits et ceux d'en haut tapaient moins fort sur eux. Alors que nous, Louison et Jeanjean qui avaient que neuf ans, on s'était pas gênés pour les patater. Faut dire que c'était des vraies teignes. Surtout Louison qu'il fallait frapper plusieurs fois avant qu'elle se rende compte qu'elle avait pris un coup.

— Pourquoi t'as baffé Adrien, au fait ? m'a demandé Sarah.

J'aurais bien aimé qu'on parle d'autre chose, mais je me sentais obligée de leur dire pourquoi on s'était retrouvés à se battre comme des chiffonniers.

— Il a dit que mon père était allé à la Duduc.

J'ai pas dit « aux putes » parce que ça me gênait et personne a plus rien dit, comme si j'avais le cancer. Ou la tuberculose ! Avoir un père qui va aux putes, c'était comme être tubard, ça donnait plus envie aux autres de poser des questions.

— Et c'est vrai ? a quand même demandé Sarah.

— Je sais pas. Quand il sort, il dit jamais où il va.

Je les ai tous regardés et j'ai vu qu'ils étaient aussi emmerdés que moi. Ils me jugeaient pas, ils se sentaient juste cons, comme moi quand j'avais su pour le père de Bonbonne.

— En tout cas, on leur a mis une bonne raclée ! a dit Victor pour changer de sujet.

— Ouais, ça faisait un bout de temps que ça leur pendait au nez, a ajouté Jules qui avait pas pesé lourd dans la bataille, mais qui était toujours content de lui.

En réalité, personne avait gagné, suffisait de voir dans quel état on était. Mais ceux d'en haut étaient pas mieux et devaient sûrement se dire la même chose.

Avant de rentrer chez moi, j'ai fait un détour par chez Martha. C'est toujours elle qui soignait mes bobos et je pouvais lui raconter ce qui s'était passé sans prendre de baffe, pas comme avec mon père. Sauf qu'elle allait me demander pourquoi on s'était battus et que j'allais pas savoir quoi répondre. Elle voyait tout de suite quand je baratinais.

Sarah m'a accompagnée parce que c'était sur son chemin. Et aussi parce qu'elle tenait à me dire que des ragots, il y en avait toujours eu et il y en aurait toujours. Elle s'en foutait, elle, que les bonshommes aillent voir les putes. Si ça existait depuis la préhistoire, c'est qu'il y avait une raison. J'aurais bien voulu penser pareil, mais je savais qu'au moment où je me retrouverais devant mon père, je pourrais pas faire autrement que de l'imaginer en train de sonner à la Duduc. Même si tout ça était faux et qu'il avait été boire un coup avec des copains ou voir une femme normale. Le pire, c'est que je pouvais pas lui poser la question. Et le pire du pire, c'est que s'il me disait qu'il y avait pas été, j'aurais quand même des doutes. C'était ça, les ragots, comme du goudron fondu sur les pompes, il en restait toujours des traces.

— Qu'est-ce que ça peut faire, d'abord, que ton père y soit allé ou pas ? elle m'a demandé au moment où on arrivait devant chez Martha. Ta mère est morte depuis des années, il peut pas rester tout seul.

— Je préférerais qu'il trouve une femme qui soit pas pute, c'est tout.

— Et après ? S'il l'aime, elle viendra habiter chez toi et elle sera plus pute.

Alors là, j'aurais bien voulu voir les têtes de la bande à Lapanolles ! Déjà qu'elles me regardaient comme si j'avais la gale ! La veille, j'avais croisé la mère Ridel qui m'avait pas répondu quand je lui avais dit bonjour. Elle pouvait aller se brosser pour que je recommence. Et à l'école, Lapanolles avait voulu me filer une punition parce que j'avais shooté dans un caillou. Si M. Lioret avait pas été là, j'étais bonne comme la romaine !

— T'as pas la gale, t'as la tuberculose !

— J'ai jamais eu la tuberculose !

— Alors pourquoi que t'as passé trois ans au sana ?

Elle avait dit ça sans rire alors qu'elle savait que ça m'énervait qu'on me cherche là-dessus. Il y avait que ceux d'en haut qui continuaient à dire que j'étais tubarde, c'était des cons alors qu'elle, c'était ma meilleure copine.

— T'es normale, elle a fini par dire en voyant que ça me faisait pas marrer. « Tout va bien dans le meilleur des mondes », c'est ma mère qui disait ça.

Quand Sarah parlait de sa mère, ça signifiait qu'elle avait pas le moral. Dans ces cas-là, ça lui arrivait d'être méchante, mais elle s'en voulait et s'excusait.

— Tu veux venir chez Martha ?

Elle a hésité et puis elle a dit non, c'était mieux si elle rentrait avant son père. En se débrouillant bien, comme elle avait des marques qu'aux bras et aux jambes, elle pouvait faire croire qu'il s'était rien passé. C'est pas qu'elle se serait fait engueuler, mais elle préférait pas lui causer de souci. Aux vacances de Noël, elle avait surpris une conversation où il disait qu'il arrivait pas à élever correctement ses enfants et que ça le minait. Sans leur mère, il était bon à rien et les mômes allaient mal tourner. Sarah en avait parlé à ses deux frères, mais ils lui avaient dit de se mêler de ses affaires. Comme c'était la petite dernière, elle pouvait pas les obliger, mais elle voulait plus créer de problèmes à son père.

On s'est dit salut et je l'ai regardée partir. Elle s'est pas retournée et je suis à peu près sûre qu'elle pleurait. C'était toujours comme ça quand elle pensait à sa mère.

Elsa, ma mère

Martha avait préparé des diabolos à la fraise, mes préférés.

— Alors, qui a gagné, cette fois ?

Ce qui était bien avec elle, c'est que nos bagarres étaient jamais dramatiques. Pas comme la mère de P'tit Jacques et Floriane qui voulait appeler les flics dès que ses mômes prenaient une beigne.

— Ceux d'en haut, vu ton état ! elle a ajouté.

— Match nul.

Elle a sorti sa trousse à pharmacie et le coton pour désinfecter. C'était pas de l'alcool à quatre-vingt-dix, mais ça piquait quand même. Avant, je grimaçais quand ça faisait mal, je pouvais même me tordre dans tous les sens ; maintenant, je faisais comme si je sentais rien parce que de toute façon, ça changeait rien.

— C'était prévu, cette petite bagarre, ou vous n'aviez rien d'autre à faire ?

J'aimais bien quand elle prenait cet air détaché. Peut-être que si j'étais rentrée avec une jambe de travers, elle serait allée chercher sa caisse à outils.

— Au départ, on devait faire une partie de baseball à la Bouse-de-l'Âne.

— La bouse de l'âne ?

— Le stade, j'ai précisé.

Elle m'a regardée en fronçant les sourcils, comme si j'allais pas bien, et puis elle a compris.

— Le stade. André-Poustelane.

Je savais pas qu'il s'appelait comme ça, j'avais toujours dit la Bouse-de-l'Âne. J'étais même pas sûre que les autres savaient qu'il avait ce nom-là.

— Et pourquoi vous ne l'avez pas faite, cette partie de baseball ?

Elle m'a prise par surprise. Le temps que je réfléchisse, elle aurait su que je disais un bobard. Alors j'y suis allée tout schuss.

— Adrien a dit que papa avait été à la Duduc, ça m'a pas plu et je lui ai cassé la figure.

Elle a arrêté de me frotter le genou, est restée un instant les yeux dans le vide, et puis elle a levé la tête vers moi. Elle voulait me dire quelque chose, mais c'était comme si elle y arrivait pas.

— T'as bien fait. Les rumeurs, c'est comme les mauvaises herbes, il faut les détruire à la racine !

— Tu crois qu'il y est allé ?

— J'en sais rien, ça n'est ni mes affaires ni les tiennes. Ton père est majeur et vacciné, il fait ce qu'il veut.

Donc, c'était possible. Et là, je la reprenais en pleine poire, la question d'Adrien, j'ai même failli en chialer sur ma chaise. Comme j'avais dit à Sarah, c'était pire que d'être tubarde. J'ai essayé de me dire que ça changeait rien, mais c'était pas vrai. À l'école, ils allaient pas me rater, comme ils avaient fait avec Bonbonne. J'allais être la fille du gars qui va aux putes. Du coup, je les détestais, celles-là, avec leurs dentelles et leurs rires à la con. Elles étaient là que pour foutre les familles en l'air, et la grosse Ludwig, Gagarine pouvait l'emmener dans son vaisseau et la larguer dans l'espace, j'allais pas pleurer.

Martha a dû sentir que j'étais en train de dérailler et m'a tapé sur les cuisses pour me dire de monter. Elle m'a accompagnée dans la salle de bains et s'est assise sur une chaise pendant que je me lavais. Quand elle faisait ça, c'est qu'elle voulait parler. J'ai fait couler l'eau très chaude parce que j'avais l'intention d'y passer un bon bout de temps. Au moins jusqu'à ce que j'aie digéré tout ça.

— Tu es en train de grandir, Hannah, ça n'est jamais facile.

— Ça fait bientôt onze ans que je grandis ! Je vois pas pourquoi ce serait plus difficile aujourd'hui.

— Ça l'est parce que tu arrives à un tournant.

Je voyais pas où elle voulait en venir, mais du coup ça m'intéressait. Je me suis allongée dans l'eau et j'ai attendu.

— Et parce que tu n'as pas une vie normale.

— Une vie normale, c'est si maman était pas morte ?

Comme elle a pas répondu, j'ai tourné la tête pour voir si elle était décidée à lâcher le morceau. Elle a hésité et puis elle m'a parlé droit dans les yeux, pour que je comprenne que c'était du sérieux.

— C'est ça. Si tu avais vécu avec ta mère et si ton père avait su l'aider.

Elle a un peu pâli et je me suis demandé si elle regrettait pas d'en avoir trop dit. Comme elle disait plus rien, j'ai repassé dans ma tête ce qu'elle venait de dire.

— L'aider à quoi ?

Mon cerveau fonctionnait à deux cents à l'heure et je crois que c'est ce qu'elle attendait. Elle s'est mise derrière moi pour me mouiller les cheveux, j'avais rien d'autre à faire qu'à écouter. En même temps, ça me foutait les chocottes, mais c'était aussi la première fois qu'on allait vraiment parler de ma mère.

— Tu te souviens du prénom de ta mère ?

— Elsa, j'ai répondu du tac au tac.

— Tu sais qu'elle n'était pas française ?

J'ai rien dit parce que j'étais en train de chercher s'il y avait un coin de mon crâne qui avait déjà reçu cette info. Et la réponse était que personne me l'avait jamais dit.

— Je vais tout te raconter, dit-elle en me versant du shampoing sur les cheveux, mais tu promets de ne pas m'interrompre.

J'ai hoché la tête pour dire que j'étais d'accord, elle a pris sa respiration et c'était parti :

— Ta maman s'appelait Elsa Kellermann, née à Magdebourg en 1931. Ce n'était pas la meilleure période pour naître en Allemagne, elle y a vécu jusqu'en 49. Toute sa famille est morte pendant la guerre : ses parents, son frère, sa sœur, ses oncles et tantes, et la plupart de ses amis. C'était une survivante. Les nazis n'ont pas réussi à la tuer et les Alliés non plus quand les bombardiers ont rasé sa ville. En quittant les ruines de Magdebourg, en 45, elle a erré ici et là, a fait des petits boulots, essayé de reconstruire sa vie. Mais les images de l'Allemagne dévastée lui étaient insupportables et elle a fini par venir en France.

Quelques jours plus tôt, dans la voiture qui nous ramenait de Toulouse avec papa, je m'étais demandé si j'avais de la famille du côté de ma mère. Martha venait d'y répondre.

— En septembre 1950, ton père s'est fait inviter à Besançon chez un copain de régiment. Ils sont sortis dans des bars, ont dansé au bal, c'est là qu'il a rencontré ta mère. Elle travaillait dans un atelier de confection et louait un petit appartement. Ils sont tombés tout de suite amoureux et ton père est resté là-bas, à travailler dans les fermes et à vendre ce qui lui tombait sous la main. Au mois de juillet suivant, tu es née. Avec ton grand-père, on est venus te voir, c'est là qu'on a fait sa connaissance. Ce qui nous a frappés, c'est la tristesse de son regard. Même quand elle souriait, ses yeux n'arrivaient pas à se débarrasser des horreurs qu'ils avaient vues à la guerre. Il n'y avait qu'avec toi qu'elle semblait apaisée. Un jour, elle m'a dit que le jour où elle t'avait sentie dans son ventre, elle s'était sentie mieux. Tu étais le départ de sa nouvelle vie.

Je bougeais pas d'un centimètre. Je savais même plus si l'eau de mon bain était chaude ou pas. Je regardais droit devant moi et j'imaginais ma mère.

— Deux ans plus tard, son atelier a fermé et elle n'a pas retrouvé de travail parce qu'elle ne parlait pas bien français. Tes parents n'avaient plus qu'un salaire pour trois et ont décidé de venir ici. Elsa a tout de suite aimé le paysage, le climat, l'accent du Sud, et aussi ton grand-père. On a vécu tous les cinq dans la même maison, ça a duré six mois.

— Dans notre maison ?

— Dans ta maison, oui. C'est elle qui a peint et décoré ta chambre.

J'avais jamais imaginé que ma mère ait pu y passer une seule nuit. Ça voulait dire qu'elle avait touché les murs, monté et descendu l'escalier, qu'elle avait pris des douches dans la salle de bains et qu'elle s'était assise dans le rocking-chair. Ça voulait dire qu'il y avait encore des traces d'elle et que je passais à côté tous les jours sans le savoir.

— C'était une erreur de s'installer ici, mais personne n'aurait pu le prévoir. Comme nous refusions qu'ils nous payent un loyer, ta mère n'avait pas besoin de travailler. Elle en profitait pour te promener, jouer avec toi, et commençait à se dire qu'elle avait trouvé le bon endroit pour vivre. Sauf qu'une Allemande dans nos rues, ça n'a pas tardé à agacer les revanchards de la guerre. Ça a commencé par des surnoms lâchés par-derrière : la Boche, la Fritz... Et, rapidement, des rumeurs sont nées. À cause de son accent allemand, de ses cheveux blonds et de son teint pâle, elle est devenue l'Aryenne, la race supérieure nazie. Ton grand-père et moi avons eu beau la défendre, expliquer que toute sa famille avait justement été tuée par les nazis, c'était trop tard, ces salopards avaient trouvé une cible pour se défouler. Certains se sont mis à faire un détour quand ils la croisaient, d'autres à lui dire de retourner d'où elle venait, on a même reçu des lettres de menaces, anonymes. Elle n'avait que vingt-deux ans et aucun moyen de se défendre. Quand elle a compris qu'elle ne pourrait pas faire face, elle s'est renfermée. Dans sa chambre, d'abord, et puis dans sa tête. Les années de souffrance qu'elle avait vécues pendant la guerre sont revenues la hanter. Elle ne souriait plus, maigrissait à vue d'œil et a fini par ne plus vouloir s'occuper de toi parce que c'était au-dessus de ses forces. Il aurait fallu l'emmener loin d'ici, mais ton père n'a rien voulu savoir. Il disait que ça allait leur passer, qu'il suffisait de ne pas y faire attention. Pendant tout ce temps où elle souffrait, il travaillait à Brive pour un patron qui lui faisait miroiter sa menuiserie quand il partirait à la retraite. Il n'a pas tenu parole et l'a cédée à l'un de ses neveux. Un jour d'octobre 1952, ta mère est partie, juste avant que je rentre de l'hôpital. Tu dormais dans ton landau avec un chandail qu'elle t'avait tricoté. Un mot expliquait qu'elle ne pouvait plus rester. Elle t'aimait et regrettait de ne pas pouvoir être celle qui t'aiderait à grandir. Elle ne voulait pas te léguer ses cauchemars parce que c'était le pire cadeau qu'une mère pouvait faire à sa fille. On ne l'a jamais revue.

Pendant de longues minutes, Martha a continué à me lisser les cheveux. Il y avait assez d'eau dans la baignoire, mais j'en ai versé un bon litre avec mes larmes. Martha aussi pleurait, je l'entendais renifler et ça me faisait encore plus chialer. Je savais plus si j'étais triste, en colère, si j'avais envie de mourir ou si c'était tout à la fois. Mais je savais qu'à partir de cet instant, ma mère allait me manquer tous les jours.

Une fois qu'on a été calmées, elle m'a tendu une serviette et je suis sortie de la baignoire. Elle m'a séchée en me tenant dans ses bras et m'a serrée jusqu'à ce que tous les sanglots aient disparu. Il était pas loin de cinq heures et j'allais devoir rentrer. Il fallait encore qu'elle soigne la griffure sur ma joue et mette de la crème sur mon œil qui avait enflé. J'avais d'autres questions, un bon millier, mais elle m'a dit que ça faisait déjà beaucoup pour aujourd'hui. J'ai pas protesté parce qu'elle avait raison, j'allais mettre du temps à digérer tout ça. Martha avait parlé d'un tournant dans ma vie, c'était des tonneaux que je venais de faire !

Je suis partie avec une robe qui sentait bon, des chaussettes propres, des pansements aux genoux, mais le cœur et la tête en bouillie. En traversant le village, j'ai imaginé ma mère dans la rue. J'ai pensé à tous ceux qui l'avaient insultée, qui l'avaient obligée à s'enfuir, en me laissant dans mon landau. Martha m'avait pas dit qui c'était, ça faisait partie des questions que je devais revenir lui poser.

Quand je suis arrivée à la maison, mon père a vu ma joue et mon œil et a appliqué le tarif habituel : je m'étais bagarrée, j'étais punie tout le week-end. Je suis montée sans rien dire et ça l'a surpris. J'ai même pas cherché à lire sur son visage s'il avait été à la Duduc ou pas. La seule chose que je voyais, c'est qu'il avait pas aidé ma mère quand elle en avait besoin, qu'il avait pensé qu'à lui, à son boulot, à son chiffre d'affaires à la con. Et s'il souriait jamais, c'était bien fait, il avait qu'à regarder les autres et les aimer pour qu'on l'aime un peu en retour. En haut, j'ai poussé la porte de la chambre où ma mère avait dormi. J'ai juste regardé, je suis pas entrée. J'ai encore failli pleurer, mais je me suis retenue.

Le dimanche, c'est bien tombé que je sois punie parce qu'il a flotté toute la journée. J'ai cherché un nouveau bouquin pour passer le temps et comme j'ai rien trouvé, je suis remontée dans ma chambre avec ma pile de Tintin. Je les avais déjà lus des tas de fois, mais je tournais toujours les pages en me demandant s'il allait gagner à la fin. Et à chaque fois, dans *Le Lotus bleu*, j'avais la pétoche à cause du dingue qui veut couper la tête à tout le monde. À midi, mon père en a eu marre et a décrété que j'avais mieux à faire que de lire des bandes dessinées. Il était dans une journée à gueuler et c'était pas la peine de discuter. L'après-midi, j'ai pris une feuille et un stylo et j'ai écrit à Hélène. J'ai commencé par le début, le voyage de retour avec Jimino, les copains de l'école, Gagarine, et puis en moins de deux je me suis retrouvée à parler de ma mère. J'ai raconté tout ce qu'avait dit Martha : l'Allemagne, la guerre, les cons du village, mon père qui avait pensé qu'à sa pomme... Ça m'a foutue en rogne d'écrire tout ça. À la fin, j'avais envie d'avoir en face de moi tous ceux qui lui avaient fait du mal et de leur savater les tibias jusqu'à ce qu'ils tiennent plus debout.

J'en ai mis trois pages sur ma mère, les trois quarts de la lettre. Pour équilibrer, j'ai raconté la bagarre à la Bouse-de-l'Âne et j'ai posé des questions sur le sana : comment elle allait, si Tambouille avait préparé d'autres recettes à dégueuler partout, s'ils avaient mis une raclée aux gars de Gavarnie. À la fin, ça faisait six pages et j'avais mal à la main. J'ai voulu relire, mais j'ai senti le coup de pompe. J'ai remis ça à plus tard, j'ai juste préparé l'enveloppe avec le nom d'Hélène et l'adresse du sana.

La Semoule

À l'école, le lundi matin, M. Lioret avait prévu qu'on fasse du sport, mais quand il a vu nos têtes, il a changé d'avis. Du coup, on est quand même sortis, mais pour aller à la bibliothèque, juste à côté de la mairie. C'est pas que ça nous faisait marrer, mais c'était toujours mieux qu'une dictée ou un contrôle. M. Lioret nous a lu un conte ; j'ai pas retenu le titre, mais en gros, ça racontait l'histoire de deux gars qui pouvaient pas s'encadrer, qui travaillaient dans la même usine et qui habitaient à côté de la même forêt. Ils se faisaient des crasses toute la journée, et le soir, pour se calmer, ils se mettaient à leur fenêtre pour hululer avec une chouette qui vivait dans la forêt. Sauf qu'il y avait pas de chouette et qu'ils se répondaient comme deux cons sans le savoir.

M. Lioret, c'était pas la mère Lapanolles, encore moins Patton ou Cambouis. Quand on faisait quelque chose, il y avait une raison. On était en train de se rhabiller quand il nous a demandé ce qu'on en pensait. Hubert, qui est premier de la classe de père en fils, a ramené sa science en disant qu'une chouette, ça hululait pas, ça chuintait; Rico a dit que si les deux gars avaient eu des femmes à la maison, ils auraient pas été aussi excités; Jules, que son père savait bien faire la chouette, mais pas lui. À la fin, Jeanjean a expliqué que c'était pas la peine de se faire des crasses toute la journée pour causer le soir pendant une plombe. M. Lioret l'a félicité et nous a fait comprendre que la morale de son histoire, c'était qu'on pouvait se croire différents alors qu'on était exactement pareils. Si on avait pas compris que c'était de nous qu'il parlait, on était des vraies balluches. On s'est regardés en finissant de s'habiller, mais on savait que rien allait changer. Au premier mot de traviole, on se remettait une peignée.

On était sur le point de sortir quand Mme Gérard, qui fumait des cigarettes qui schlinguaient à des kilomètres, s'est pointée devant M. Lioret. Elle travaillait aux services sociaux et avait l'air emmerdée; ça avait l'air d'être en rapport avec le petit gars qu'elle poussait devant elle, sept ans maxi, qui nous regardait comme si on débarquait de la Lune. Mme Gérard a pris M. Lioret à part pour lui expliquer ce qui se passait, il a fait oui de la tête et ça a eu l'air de la calmer. Elle est repartie avec le môme et M. Lioret a attendu qu'on soit dehors pour nous expliquer qu'on allait avoir un nouveau dans la classe.

— Pourquoi il vient que maintenant? a demandé Louison.

— Parce qu'il n'habitait pas ici avant.

— Il habitait où ?

— Je ne sais pas, vous lui demanderez cet après-midi, quand il viendra en classe.

— Parce qu'en plus, il va venir dans notre classe ? a eu l'air de se plaindre Rico.

— En plus de quoi ? a demandé M. Lioret.

Rico a pas su quoi répondre et Sarah en a profité pour poser sa question :

— Il habite ici, maintenant ?

Là, c'est M. Lioret qui a pas su quoi répondre. Ou plutôt il a mis trop de temps pour donner une réponse et ça voulait dire que c'était un bobard.

— Il habite assez près pour venir dans notre école. Et il ne sera pas dans votre classe, mais avec Mme Lapanolles.

— C'est le voisin de qui ? a demandé Victor.

— Nunuche comme il a l'air, m'étonnerait pas que ce soit un d'en bas ! a rigolé la Jument de toutes ses dents.

M. Lioret lui a fait ses yeux d'instituteur, mais c'était trop tard : Victor, qui marchait juste derrière, lui a fait un croche-patte ; il est pas tombé, mais l'a traité de pauvre merde et a promis qu'il l'attendrait à la sortie. M. Lioret les a punis tous les deux : un résumé de trente lignes sur le conte qu'il venait de nous lire.

À la récré, tout le monde parlait du nouveau. Quelqu'un a dit que c'était peut-être un Gitan, sauf qu'ils étaient pas blonds, avaient pas des chaussures cirées ni des vêtements propres bien repassés. C'était plutôt le fils d'un médecin ou d'un avocat. Rico a pensé que, vu sa couleur de cheveux, c'était possible que ce soit un Suédois et qu'il fallait s'en méfier, parce que ceux-là, ils disent jamais ce qu'ils pensent, gardent tout à l'intérieur et vous sautent dessus sans prévenir. Pas comme les Italiens qui parlent fort, qui ont tout le temps l'air de s'engueuler, mais qui sont francs du collier.

Comme on l'avait pas entendu parler, le môme, c'est vrai qu'on savait pas s'il était français. On a passé en revue tous les pays d'où il pouvait venir et on a trouvé que ça devait être la Pologne. Je peux pas dire pourquoi, mais c'est ce qui collait le mieux. Le problème, c'est qu'il devait avoir un nom imprononçable et on a tous été d'accord pour lui trouver un surnom. Là non plus, je sais pas d'où c'est sorti, mais avant qu'on rentre en classe, il s'appelait la Semoule. Ça sonnait bien et c'était marrant. La Semoule, *le Polack*. Par contre, personne voulait s'asseoir à côté de lui. D'abord parce que personne parlait polonais, et des fois qu'il aurait été suédois, on avait pas envie qu'il nous saute dessus sans prévenir.

L'après-midi, il est pas venu et on a trouvé ça bizarre. Même M. Lioret savait pas pourquoi. À la récré, Louison a braillé que c'était en voyant la gueule de certains qu'il avait préféré aller dans une autre école. Bonbonne lui a filé une baffe parce qu'elle l'avait regardé en disant ça. Moi, je m'en foutais de sa nationalité. Faut dire que depuis samedi, je me foutais de tout.

À la sortie de quatre heures et demie, Jimino est venu me chercher. Il avait un sac à la main avec deux éclairs au chocolat et deux au café pour avoir bien mal au bide. C'était toujours comme ça quand il trouvait que j'avais pas le moral, il achetait des gâteaux et on se trouvait un coin tranquille pour les manger.

Là, on a été à la mare du Chat-Rouge, un endroit où on pouvait se baigner quand il faisait chaud. C'était à même pas dix minutes et c'était rare qu'il y ait du monde. On a pas dit grand-chose sur le chemin, des trucs qui servent à rien et qu'on oublie la seconde d'après. Quand on est arrivés, les grenouilles se sont arrêtées de chanter; c'était pas plus mal parce que quand elles s'y mettaient, ça arrivait qu'on s'entende plus. On s'est assis par terre et Jimino a sorti les éclairs. J'ai commencé par celui au café pour pouvoir finir avec celui au chocolat.

— Ça au moins, je sais que tu vas l'avaler, il m'a dit en souriant. Même avec quarante de fièvre.

J'ai rien dit parce qu'il m'avait pas posé de question.

— J'ai parlé avec ta grand-mère, ce midi, elle m'a raconté votre conversation d'hier.

Là non plus, il n'y avait pas de question, alors j'ai croqué un deuxième coup dans mon éclair.

— Pour ton père, je ne sais pas s'il a mis les pieds à la Duduc, mais s'il y est allé, ça ne nous regarde pas, ni ta grand-mère, ni toi ni moi. Il est assez grand pour faire ce qu'il veut et de toute façon, ça n'a jamais tué personne d'aller voir des dames de compagnie.

— Des dames de compagnie, c'est des putes?

— Des prostituées, il a rectifié.

J'ai acquiescé, mais dans ma tête, ça restait des putes. J'avais réfléchi, depuis la veille, et finalement, je savais plus trop quoi en penser.

— Alors pourquoi c'est interdit, les bordels, si ça a jamais tué personne?

— Pour que les curés et les bien-pensants puissent s'endormir en étant sûrs que Dieu veille sur ses ouailles.

Il a attendu trois secondes et m'a regardée. Ça devait se voir que j'avais rien compris parce qu'il a changé de ton.

— On a décidé en haut lieu que c'était mauvais pour la société, si tu préfères.

Je préférais rien du tout et je lui ai demandé ce que lui en pensait. Il a soupiré et je crois qu'il s'est demandé s'il faisait bien de parler de ça avec moi. Mais comme on était que tous les deux, il risquait pas de se faire engueuler par papa ou Martha.

— Il y a des prostituées depuis la nuit des temps et je n'ai jamais entendu dire qu'une société soit tombée dans la décadence à cause d'elles.

— C'est quoi la décadence ?

— La ruine, la déchéance, le déclin. C'est quand on devient de plus en plus bête.

J'ai pioché dans le paquet et j'ai pris mon éclair au chocolat. Jimino en a pris un au café et on a croqué en même temps comme des gorets.

— Maintenant, si tu veux bien, on va parler d'autre chose, parce que ce n'est pas une discussion pour une enfant de dix ans.

J'ai pas protesté, même si j'allais bientôt avoir mes onze ans. J'avais besoin de mettre de l'ordre dans tout ça et décider, une fois pour toutes, si les putes c'était bien ou pas.

— Ton père a un projet pour aller travailler à Sarlat. Il aide un type à faire des travaux dans un magasin et ils s'associeront quand ils auront vu leur banquier.

— Il va plus vendre de fleurs ?

— Si, le temps de voir si le magasin marche ou pas.

J'ai repensé à la menuiserie qu'il avait failli avoir quand ma mère s'était fait emmerder par les cons du village.

— Il va vendre quoi, maintenant ?

— Des télévisions !

Ça a fait tilt dans ma tête parce que je me suis dit qu'on allait peut-être en avoir une. Les parents de Jacqueline et de Rico en avaient une, ils en parlaient des fois à la récré. J'étais en train de m'imaginer devant « La vie des animaux » ou « La piste aux étoiles » quand on a entendu du bruit de l'autre côté de la mare. On a vu personne, mais on savait qu'il y avait quelque chose parce qu'une branche venait de craquer. J'ai pensé à un écureuil, mais en regardant mieux, j'ai vu un bras dépasser d'un arbre.

— C'est pas la peine de te cacher, on t'a vu, j'ai braillé sans me rendre compte que j'étais pas aimable.

C'est Jimino qui me l'a fait remarquer. Et encore, j'avais failli dire *trouduc* ! Le môme est sorti de derrière l'arbre. Il nous a regardés et a plus bougé, comme si on l'avait changé en statue. Jimino m'a demandé si je l'avais déjà vu et j'ai répondu que oui, qu'il s'appelait la Semoule.

— C'est pas courant comme prénom.

— Il est polonais.

— C'est polonais, la Semoule ?

— Ou suédois.

De l'autre côté de la mare, le blondinet bougeait toujours pas. J'ai pensé me lever et lui faire signe de venir, mais ça risquait de lui foutre encore plus les pétoches. Finalement, Jimino a soulevé le paquet d'éclairs, l'a agité en l'air et lui a dit qu'il en restait un et qu'on serait contents de le lui donner. Pas une réponse, pas un mouvement. Soit il était sourd comme un pot, soit il avait cané sur place !

— Tu vois, tu lui as fait peur à lui beugler dessus !

Comme si c'était de ma faute ! Si ça se trouve, en polonais, éclair ça voulait dire mort-aux-rats et il croyait qu'on voulait l'empoisonner !

— Qu'est-ce qu'on fait ? j'ai demandé.

— Rien. La forêt est à tout le monde. S'il veut venir, il vient, sinon, il fait ce qu'il veut.

J'ai à peine eu le temps d'être d'accord qu'il a disparu en trois bonds de chevreuil.

— Il est à l'école avec toi ?

J'ai raconté l'histoire de la bibliothèque, on a réfléchi pour savoir de qui il pouvait être le fils, et puis on a senti que l'air devenait plus frais. Il avait fait chaud toute la semaine et il y avait des chances pour qu'on se prenne un orage sur le coin du pif. On s'est levés et j'ai fini le deuxième éclair au chocolat. Du coup, on a pas parlé de ma mère. Quand on est arrivés à la maison, il était six heures passées et j'avais plus faim. J'avais même mal au bide, comme j'avais prédit.

Le déserteur

Mardi et mercredi, on a toujours pas vu la Semoule et on s'est demandé s'il était pas parti dans un autre village. Ce môme, c'était un mystère : il ressemblait à personne et on avait pas entendu le son de sa voix. Victor et Alain, qui lisaient des tas de bouquins de science-fiction, ont trouvé qu'il avait une tête pas forcément humaine. Ses cheveux trop blonds et ses vêtements trop propres, ça collait pas avec ce qu'on connaissait par ici. La Jument a dit que c'était à cause de Gagarine, qu'en traversant l'espace, un extraterrestre s'était collé à son vaisseau et qu'il l'avait ramené sur Terre sans le savoir. On s'est regardés pour réfléchir si c'était possible et Sarah a répondu que si quelqu'un venait de l'espace, c'était plutôt la Jument, que sur sa planète tout le monde bouffait du foin et que c'est pour ça qu'il sortait des conneries grosses comme lui. En trois secondes, ceux d'en haut se sont regroupés, on a fait pareil de notre côté, et si la mère Lapanolles avait pas agité sa cloche pour dire que la récré était terminée, c'était reparti pour les gnons.

Jeudi et vendredi, on a eu droit à l'orage. C'est pas plus mal parce que tout le monde a pu rester chez lui et se calmer les nerfs. D'ailleurs, c'était pas que chez nous qu'il y avait de l'électricité dans l'air : en Algérie, dans la nuit de vendredi à samedi, quatre vieux de l'armée qui voulaient pas que l'Algérie redevienne algérienne ont fait le putsch. Je savais même pas comment c'était possible que l'Algérie soit pas algérienne. Jimino m'a expliqué, mais j'ai pas tout compris. D'après lui, on s'était installés là-bas il y avait plus de cent ans et tout se passait à peu près bien jusqu'à ce que les Algériens en aient marre qu'on soit chez eux. C'est là que ça a commencé à chauffer et à devenir la guerre, même si dans les journaux on disait que c'était seulement des événements. Toujours d'après Jimino, ça se passait bien surtout pour les Français. Ils avaient les meilleures terres, leurs enfants étaient presque les seuls à aller à l'école et s'il y avait un vote, un Français valait dix Arabes. C'était pas juste parce que les Bougnoules, comme disaient ceux qui les aimaient pas, avaient aidé à libérer la France pendant la guerre, mais ça, personne en parlait. Pour lui, si on se faisait botter le cul en Algérie, on l'avait bien cherché. Même de Gaulle l'avait compris. Moi aussi, je trouvais que c'était pas bien d'être chez les autres si on était pas invités. N'empêche que les quatre vieux de l'armée ont quand même fait leur putsch.

Au village, ça changeait pas grand-chose. Sauf pour un frère de la Vérole qui était militaire là-bas et donc pas près de rentrer. Ce que j'avais pas prévu, c'est que ce putsch allait bousculer ma vie à moi.

Le dimanche soir à huit heures, on était à table avec papa et Jimino quand De Gaulle a parlé à la radio. Dans ma tête, j'essayais de comprendre pourquoi il appelait les militaires à désobéir aux généraux, alors que lui-même était général. Et un quarteron, comme il a dit plusieurs fois, je voyais pas ce que ça pouvait être. Ce qui me chiffonnait aussi, c'est qu'ils étaient en retraite, Salan, Challe, Zeller et Jouhaud, et je voyais pas pourquoi des pépés préféraient continuer à faire la guerre plutôt que d'aller jouer aux boules en buvant des pastagas. J'ai rien dit et j'ai écouté parce que je sentais que c'était important. De Gaulle, ça faisait bizarre de l'entendre causer dans le poste en même temps qu'on mangeait la soupe. Il foutait la trouille avec ses trémolos et j'étais bien contente qu'il soit pas du côté des putschistes. Quand le grand Charles a eu fini son discours, Jimino a dit que les fascistes avaient la couenne dure et que ça l'étonnerait qu'il vive assez vieux pour voir le jour où il y en aurait plus. Ça m'a étonnée parce que les fascistes, je croyais que c'était les Allemands ou les Italiens. Des fascistes français, à part Pétain, je savais pas qu'il y en avait. J'aurais bien posé la question, mais papa faisait une tête d'enterrement et j'avais pas envie qu'il m'en retourne une.

À l'école, tout le monde s'est mis à parler de De Gaulle et des généraux, mais personne savait réellement de quoi il retournait. Il y a eu que Juliette et Bertrand, deux d'en haut qui venaient jamais jouer avec nous, pour dire que ce que faisaient les quatre pépés était courageux et qu'il en faudrait plus des comme eux. Mais quand on leur a demandé pourquoi, ils sont restés comme des cons à pas savoir quoi répondre. Comme quoi ils répétaient bêtement ce qu'avaient dit leurs parents. M. Lioret a dit qu'il avait pas le droit de nous en parler, mais que c'était un moment important de notre histoire et que ça pouvait changer plein de choses dans les semaines à venir. Il en a pas dit plus, mais on a bien senti qu'il était inquiet. Rico a demandé pourquoi il avait pas le droit d'en parler, il a répondu que c'était comme ça, qu'un instituteur avait un programme à suivre et que s'il parlait de politique à ses élèves, il risquait sa place. À la récré, on en a parlé avec Sarah et les autres et on a trouvé ça débile de devoir se coltiner les Gaulois, les Romains et les Égyptiens d'il y a deux mille ans, alors qu'il se passait des choses importantes chez nous aujourd'hui. Mais comme on y pouvait rien, on a joué au foot et on a sué comme des bœufs.

C'est en rentrant le soir que j'ai compris comment le putsch avait donné un tour de roue à ma vie. Jimino était assis dans le rocking-chair de la terrasse, à rien faire d'autre que m'attendre, et j'ai tout de suite vu qu'il avait pas une tête à faire la foire.

— Ton père a fait ses valises. Il n'a pas dit où il allait, ni quand il comptait rentrer. Il a eu peur que les gendarmes viennent le chercher et l'envoient en Algérie.

Je suis restée comme une bécasse, mon cartable sur le dos et les bras dans le vide comme si c'étaient pas les miens. Ensuite, je suis allée dans la cuisine pour me servir un verre de lait que j'ai bu cul sec. Ce qui m'a embêtée, c'est que je voyais que des avantages à ce que mon père se soit taillé. Ça voulait dire fini les engueulades et les coups de pompe dans le derrière quand il était énervé, fini la trouille qu'il foute Jimino à la porte, et à l'école, on allait me lâcher avec cette histoire de putes qu'il aurait été voir. En plus, je me doutais que c'était pas pour toujours qu'il avait foutu le camp. Il avait sa maison, son projet de boulot à Sarlat, il avait Martha, Jimino et moi, même si on avait plus l'air de l'emmerder qu'autre chose. Quand j'ai dit ce que je pensais à Jimino, il a fait ses yeux noirs.

— C'est sans doute comme ça qu'il faut le prendre, il a quand même dit en posant sa main sur ma tête.

J'ai fait tourner ma caboche à fond sans rien trouver pour me dire que j'avais tort, et je l'ai suivi jusqu'à l'atelier où il commençait à faire du rangement.

— Tu crois qu'il va jamais revenir ?

Il s'est tourné vers moi avec une tête que je lui avais jamais vue, comme s'il avait pris dix ans. Du coup, je me suis dit que j'avais peut-être été dégueulasse de penser qu'à moi, et même que je l'avais déçu. Je devais pas avoir l'air fier parce qu'il a posé ses cartons pour venir vers moi.

— Je comprends ce que tu ressens, petiote, ce n'est pas forcément une mauvaise nouvelle pour toi. Mais si ça dure et qu'il ne revient pas, ça le deviendra.

J'y croyais toujours pas. Mon père était allé se planquer chez un copain et reviendrait quand cette histoire d'événements serait finie. Et puis je me suis dit qu'il y avait peut-être autre chose. Si c'était pas la guerre qu'il avait fuie, mais nous, Jimino qui vivait pas comme lui, ou moi que le sana lui avait refoutue dans les pattes ? Si c'était qu'un prétexte pour aller tout recommencer ailleurs, avec un nouveau nom, plus de famille, plus rien pour l'emmerder ? J'ai pas voulu demander si c'était à ça que pensait Jimino parce que ça risquait de le faire vieillir d'encore dix ans. J'ai laissé tomber et je suis restée sur l'idée que c'était une bonne nouvelle. En tout cas, pas une mauvaise.

— On va dire que c'est toi qui as raison, a dit Jimino. Pour l'instant, on fait comme si ça nous faisait des vacances.

Sa tête de vieux a disparu pour faire place à celle qui faisait dire à mon père : « Toi, quand t'as cet œil-là, soit t'es bourré, soit tu vas l'être dans pas longtemps. »

— C'était prévu que je sorte ce soir, mais puisque ton père n'est pas là pour te garder, soit tu vas dormir chez ta grand-mère, soit tu viens avec moi.

J'ai tout de suite su que c'était pas à la messe qu'il avait l'intention d'aller. Il a ajouté que si je décidais de venir, il comptait sur moi pour pas en parler à Mussolini. C'est comme ça qu'il appelait Martha quand ils s'engueulaient. De son côté, elle l'appelait Ravachol. Je savais pas qui c'était, ce gars-là, mais je me doutais qu'il avait pas dû être pape.

— Et où on va ?

— Chez la Globule.

— Pour manger ?

— Oui, madame, une fois qu'on aura pris l'apéro. Et il se pourrait bien qu'après, on fasse un peu de pétard.

Déclaration de guerre

La Globule vivait tout seul dans une vieille maison en bas du village. J'ai reconnu sa Pontiac Torpedo et j'ai vu trois chats en train de roupiller sur la lunette arrière. Ils devaient être bien, parce qu'ils ont à peine ouvert un œil quand on est passés devant.

On était les derniers. J'ai reconnu Néné et sa moustache qui rebiquait, Gambille, un costaud qui me soulevait comme d'un rien pour me claquer deux bises à chaque fois qu'il me voyait, mais l'autre, qui portait des grosses bretelles et un nœud papillon je l'avais jamais vu. Ou du moins, je m'en souvenais pas.

— Té, une demoiselle ! il a dit en me voyant. Où tu l'as pêchée, la mignonne ?

— Tu la reconnais pas ? a demandé Jimino.

Il s'est creusé un moment et s'est rappelé qui j'étais.

— La dernière fois que je l'ai vue, elle avait pas deux ans. Me demande même si elle marchait sur ses pattes !

— À deux ans, il y a que les culs-de-jatte pour pas marcher sur leurs pattes, mon pauvre Baron ! a dit Néné.

— J'ai dit qu'elle avait pas encore deux ans, ça peut vouloir dire un an, ça peut vouloir dire moins.

— Ça peut aussi vouloir dire que t'as plus ta mémoire de jeunesse. Parce que je te signale qu'on l'a vue au Noël 58, même que t'avais ta guibolle dans le plâtre et que tu disais à tout le monde que t'avais glissé dans ta bergerie.

— Voui qu'j'avais glissé ! T'insinues que c'est pas vrai ?

— J'insinue pas que c'est pas vrai, je dis que t'as peut-être pas glissé tout seul.

Ça faisait pas trois minutes qu'on était là et ça s'engueulait déjà ! Sauf qu'en regardant mieux, j'ai vu que c'était pas sérieux. Néné, Gambille, la Globule et Jimino avaient du brillant dans l'œil, ça se voyait qu'ils se foutaient du Baron, mais lui, il voyait rien du tout.

— Et pourquoi que je serais pas tombé tout seul, d'abord ?

— P'têt'ben que ton bouc était jaloux quand il t'a vu approcher de sa chèvre, a dit Gambille, et qu'il a voulu défendre son honneur !

— Faut pas en vouloir à ce pauvre bouc, a dit Néné, il venait de la demander en mariage, la pauvre bête ! Et toi, tu te pointes sans rien demander à personne. C'est que c'est sensible, ces bestiaux !

Le Baron a pas eu le temps de répondre qu'ils se sont tous mis à se marrer comme des bossus, la palme à Gambille qui a failli s'étouffer. Moi, j'ai surtout retenu que puisqu'ils se souvenaient de moi quand j'avais deux ans, tous autant qu'ils étaient, ils avaient forcément connu ma mère.

On s'est pas mis à manger tout de suite parce qu'avant il y a eu l'apéro. Je me suis empiffrée de pâté et de saucisson pendant qu'ils descendaient des bouteilles de rouge et je commençais à me demander si on allait vraiment passer à table. Ils ont échangé les derniers potins du village comme j'aurais fait avec les copains à l'école, ils ont parlé du putsch et Jimino leur a raconté pour mon père. Ça a jeté un froid, ils m'ont regardée pour voir si j'écoutais, et puis ils se sont mis d'accord pour dire qu'après tout, c'était pas plus mal que d'aller se faire tuer en Algérie. Enfin, on s'est levés et on est passés dans la salle à manger. La Globule a amené sur la table une sorte de gros pain surprise avec dedans des ris de veau et des morilles et je me suis jetée dessus comme si j'avais pas mangé depuis quinze jours. J'ai même eu droit à du vin blanc, du bourgogne d'avant ma naissance. Je sais pas si c'est ça, mais d'un coup, ça m'a fait comme si je sortais de mon corps. Je continuais à les voir et à les entendre, mais j'étais là et pas là en même temps. C'est même à ce moment que j'ai réalisé que j'étais la seule nénette. Gambille et Néné avaient jamais été mariés, la femme de la Globule était morte et celle du Baron avait foutu le camp avec un Américain après la guerre. Restait Jimino qui avait encore Martha, mais c'était pas mieux vu qu'ils s'engueulaient presque à chaque fois qu'ils se voyaient.

Après le pain surprise, on a eu droit à un rôti avec des patates, des girolles et plein de sauce. J'ai vu que ça faisait plaisir à la Globule que j'en reprenne, mais j'aurais pas dû parce que je me suis retrouvée avec un mal de bide qui m'a obligée à aller m'asseoir dans un fauteuil. J'ai même dû déboutonner mon froc tellement mon ventre était gonflé. Et comme le fauteuil était encore plus confortable que la Torpedo, je me suis endormie sans m'en rendre compte.

Quand je me suis réveillée, il faisait noir, j'avais une couverture sur moi et il y avait plus personne. Je suis restée là sans bouger, à essayer de deviner l'heure qu'il était, quand j'ai entendu la musique dehors. C'était pas vraiment dehors, mais dans une sorte de cabane, derrière la maison. J'ai gardé la couverture sur mes épaules et je me suis approchée sans me faire voir. C'était pas des disques. Ça ressemblait au jazz que Jimino passait à la maison, et quand je suis montée sur une caisse pour regarder par une fenêtre, je les ai vus. J'aurais jamais cru que mon grand-père savait jouer de la guitare; la Globule jouait du piano, Gambille de la contrebasse, Néné attendait que ce soit son tour avec sa trompette et le Baron s'excitait comme un furieux sur sa batterie. Ça devait faire un potin du diable à l'intérieur, mais ils s'en rendaient pas compte. En tout cas, c'était mille fois mieux que les fanfares à la noix qui faisaient penser à des trains de marchandises. Au moins, ça donnait envie de se remuer. Seulement ça devait pas plaire à tout le monde parce qu'au bout d'un moment j'ai entendu des voix dans la rue. J'ai juste eu le temps de retourner me planquer dans la maison. C'était les vieilles peaux du village qui débarquaient en bande. J'ai reconnu la mère Lapanolles, la grosse Blanchot et ses bigoudis, la Ridel et la robe noire qu'elle quittait jamais, il y avait aussi la mère Beuzier et même son mari qui avait l'air de se demander ce qu'il foutait là.

Manquait plus que la vieille Lesallé, mais comme elle était sourde comme un pot, il y avait des chances pour qu'elle ait rien entendu, même si ses copines avaient défoncé sa porte au bulldozer.

Il y en a une qui a dit que c'était de la musique de Nègres. À mon avis, c'était la grosse Blanchot parce qu'elle aimait personne et encore moins les étrangers. La mère Lapanolles a alors cogné à leur porte, et comme personne répondait, elle a attrapé la poignée et l'a ouverte comme si elle voulait la dégonder. La musique était pas arrêtée qu'elle a gueulé comme un putois :

— Ça va durer encore longtemps, ce raffut ? Parce que je vous signale qu'il est deux heures du matin et qu'il y en a qui voudraient dormir ! Vous, là, monsieur Jacob, c'est pas la première fois que vos voisins se plaignent. Faudrait voir à voir, parce que ça va pas durer des années comme ça, c'est moi qui vous le dis !

La Globule est alors sorti de la remise et s'est planté devant elles pour les dévisager une à une. Je m'attendais à ce qu'il gueule aussi fort, mais il a juste haussé les sourcils comme s'il se demandait ce qui leur arrivait.

— Envoie-la chier, c'te vieille bique ! a dit quelqu'un à l'intérieur.

C'était pas la meilleure chose à dire parce que la mère Lapanolles a braillé qu'elle voulait savoir qui avait dit ça et a même voulu écarter la Globule pour aller voir.

— Ma chère Lucienne, il lui a fait sans s'énerver, je suis ici chez moi, avec mes amis, et à ce que je sache, ni toi ni ta bande de gourdasses n'avez été invitées.

— Comment vous nous avez appelées ?

— Gourdasses, madame Ridel. Et j'aurais aussi bien pu dire balluches, dondons ou corniaudes si le féminin avait existé. Maintenant, veuillez m'excuser, on m'attend.

Comment il faisait pour garder son calme ? Mystère ! Elles sont restées comme des débiles à le regarder retourner dans la remise, il y a juste la mère Beuzier qui a donné un coup de coude dans les côtes de son mari pour lui dire qu'il aurait pu les défendre. Sauf que le père Beuzier, il avait qu'une envie, c'était de retourner se pieuter.

Je pensais bien que ça allait se terminer là, mais la mère Blanchot a poussé tout le monde pour revenir tambouriner à la porte.

— Qu'est-ce qu'il y a encore ? a demandé la Globule en rouvrant la porte.

— Répétez voir un peu ce que vous avez dit !

— Quelle partie exactement ?

— La façon dont vous nous avez traitées, les insultes, là !

— Gourdasses ? il a demandé comme un innocent. Ou balluches ? Dondons ?

— T'aurais aussi pu dire Peaux d'fesses ! a dit Néné à l'intérieur.

La mère Blanchot en a bafouillé tout ce qu'elle voulait dire. En gros, ça allait pas se passer comme ça, c'était rien qu'une bande de soiffards et fallait pas s'étonner qu'on les retrouve à traîner chez les putes, même que la seule chose qu'elle espérait, c'était qu'ils attrapent une chaude-pisse carabinée. Gambille est sorti à son tour, suivi de Néné et sa trompette, le Baron et ses bretelles défaites, et enfin mon Jimino de grand-père, avec un sourire qui disait bien qu'il était content d'être là.

— Madame Blanchot, a fait Gambille de sa grosse voix, que vous ayez le sommeil léger est une chose. Je trouve même légitime que vous nous demandiez de jouer moins fort, bien qu'à mon sens, un brin de fantaisie dans vos nuits tristes et mornes comme la pampa argentine ne soit pas du luxe.

— Vous parlez de votre musique de sauvages, là ?

— Du swing, a rectifié Jimino. Des standards de Cab Calloway, Cole Porter, Armstrong et d'autres qui auraient changé votre vie si vous les aviez connus plus jeunes.

— J'avais autre chose à faire que la ribouldingue quand j'étais jeune, moi, monsieur ! J'ai élevé six enfants !

— Et moi, je vous parle de vos nuits, a redit Gambille. La bouillotte au fond du lit, coincée dans des draps rêches, à chasser des fantasmes qui feraient de vous une femme comblée.

— Je dors très bien la nuit et je suis tout à fait comblée ! elle a beuglé.

Je sais pas si c'était la meilleure chose à faire, mais Néné lui a soufflé un coup de trompette dans les oreilles, même que ça l'a fait sursauter.

— Que vous ayez décidé d'entrer dans les ordres vous regarde, a poursuivi Gambille, mais ne venez pas vous mêler de nos vies de veufs ou de célibataires !

— Donc, vous allez bien tâter de la cuisse chez la Teutonne ! a braillé la mère Lapanolles comme si elle avait gagné à la loterie.

— Parfaitement ! a répondu le Baron qui avait l'air d'avoir un coup dans le nez. C'est sûrement pas vos cuisses qu'on a envie de tâter ! Nous, ce qu'on aime, c'est la soie et la dentelle, les couleurs qui font rêver, les parfums qui donnent envie de partir à l'autre bout du monde. On a aussi un petit faible pour les ronds de jambe et la galipette, ce que vous autres, vieilles carnes, appelez du vice. Si seulement, un jour, vous aviez su jouer de certains instruments ou simplement osé porter une tenue un peu affriolante, vous auriez le droit de causer, mais l'art de la culbute vous étant aussi étranger que la vie militaire ou le cancer de la prostate, je me permets de vous donner un conseil, celui de fermer vos claque-merdes !

Pendant quelques secondes, c'était comme si on les avait transformées en statues. Et puis, la mère Beuzier a cru que son mari rigolait et lui a flanqué une beigne en lui demandant ce qu'il trouvait si drôle. Il s'est écarté et a dit que si c'était comme ça, il allait se coucher, qu'elles avaient qu'à se débrouiller sans lui. Ensuite, Néné a redonné un coup de trompette et a dit que si l'une d'entre elles voulait souffler dans la sienne, il y voyait pas d'inconvénient. Là, elles ont gueulé toutes en même temps pour dire que c'était pire que l'attentat de Sarajevo et que si c'était la guerre qu'ils voulaient, ils allaient l'avoir !

Moi, depuis la cuisine, j'essayais de comprendre, mais il y avait des trucs qui m'échappaient. Je voyais surtout comment Jimino passait ses soirées avec ses copains, et aussi que les adultes se castagnaient comme nous, sauf qu'ils se filaient pas de gnons.

Une fois les vieilles biques parties, Jimino et ses copains ont discuté dehors, pas assez fort pour que j'entende. Quand ils sont revenus dans la salle à manger où j'étais revenue faire semblant de dormir, ils ont pas allumé et Jimino m'a prise dans ses bras avec la couverture pour que j'aie pas froid; on est rentrés comme ça jusqu'à la maison. Comme Néné habitait un peu plus loin que chez nous, il nous a accompagnés.

— Qu'est-ce que tu vas faire avec la petiote s'il ne rentre pas, l'Étienne?

— Je ne sais pas. Du mieux que je pourrai pour qu'elle grandisse dans le bon sens.

— Tu vas arriver à t'en occuper?

— Elle se débrouille déjà bien toute seule, c'est pas ça qui m'inquiète.

Ils ont marché en silence et Néné a dit que j'avais pas de bol d'avoir des parents qui disparaissaient comme ça du jour au lendemain, même si pour ma mère, c'était pas la même chose. J'ai failli ouvrir les yeux, mais j'ai continué à faire semblant de dormir.

— C'est pas impossible qu'un jour elle fasse pareil.

— Quoi, pareil?

— Partir. Aller les chercher.

Je pensais que Jimino allait répondre que ça servait à rien, vu que ma mère était morte et que mon père avait pas laissé d'adresse, mais non, il a rien dit. Néné a proposé de me garder de temps en temps, s'il y avait besoin, et aussi de m'apprendre deux ou trois trucs rigolos. On est arrivés à la maison et Jimino m'a couchée dans ma chambre tout habillée. Il était plus de trois heures.

Les cognes

Le lendemain, à l'école, tout le monde était au courant pour mon père. J'étais plus la fille de celui qui va aux putes, mais la fille du déserteur ! Au début, je savais d'ailleurs pas bien ce que c'était. Plein d'autres savaient pas plus que moi, mais ça les empêchait pas de me le cracher à la gueule. Ça m'a rappelé Gavarnie, quand je me faisais traiter de rebut. Ça m'a aussi fait penser à ma mère quand on la traitait de Boche. Je suis allée voir dans le dico, pendant la récré, et j'ai lu que c'était les militaires qui désertaient. Ça m'a rassurée parce que mon père l'était pas. Ensuite, j'ai lu : « Personne qui abandonne un parti, une cause », et là, ça m'a mis le doute. Un parti, ça devait être un parti politique, et mon père en faisait pas. Mais une cause, je voyais pas ce que ça pouvait être. En fait, au lieu de m'aider, le dico m'a tout embrouillée. Pour moi, mon père voulait pas faire cette guerre, ça me suffisait. Je trouvais ça moins con que d'obéir sans réfléchir et d'aller tirer sur des gens qui lui avaient rien fait. Du coup, quand je suis ressortie dans la cour et que P'tit Jacques m'a encore traitée de fille de déserteur, ça m'a rien fait. Il a même cru que j'avais pas entendu et l'a redit plus fort. Dommage pour lui parce que Lapanolles était juste derrière. Son truc, c'est de choper les petits cheveux près de l'oreille et de tirer comme une sourde. Et ces cons de cheveux, au lieu de casser, ils résistent tout ce qu'ils peuvent, comme si la vie du crâne en dépendait. Ça fait un mal de chien, surtout qu'elle lâche pas avant qu'on ait bien compris qu'on avait fait une connerie. Cela dit, c'était pas mes cheveux et P'tit Jacques avait qu'à la fermer. Par contre, j'ai bien remarqué qu'elle me regardait d'un sale œil. Je savais pas si c'était parce que mon père avait déserté ou à cause de Jimino et de ses copains qui l'avaient envoyée promener à deux heures du matin, mais dans les deux cas, j'y étais pour rien.

Avant la fin de la récré, M. Lioret m'a fait venir sous le préau pour me parler. Je voyais pas ce que j'avais fait, à part avoir toujours rien compris à l'accord du participe passé, et ça me plaisait pas trop de me retrouver seule avec lui. Il m'a demandé si ça allait, si je me sentais bien, exactement comme Tintouin qui noyait le poisson avant de cracher le morceau : « Tes analyses ne sont pas bonnes, on va te garder encore un peu », ce qui en vrai voulait dire : « Si tu passes l'hiver, cocotte, t'auras du bol. » Mais M. Lioret était pas toubib et je me demandais pourquoi il faisait l'anguille.

— J'ai appris que ton père avait quitté la maison, il a fait, comme si c'était à lui que ça arrivait. Je ne peux pas régler tous tes problèmes, mais ceux qui concernent l'école, c'est à moi de le faire. Si tu as besoin d'aide pour tes devoirs, ou de plus de temps que les autres, j'aimerais que tu m'en parles.

Il a rien dit pendant dix secondes, histoire de me laisser répondre, mais comme j'avais rien à dire, il a continué :

— Et j'aimerais aussi que tu ne t'occupes pas de ce qu'on raconte à propos de tes parents. Personne ne les connaît mieux que toi. Ceux qui en disent du mal sont des crétins et ne valent pas la peine que tu leur répondes.

Après, il a encore parlé, mais j'écoutais plus. Il s'en était peut-être pas rendu compte, mais il avait parlé de mes parents et pas de mon père tout seul. Et jusqu'ici, j'avais jamais entendu de saloperies sur ma mère, à part celles que m'avait racontées Martha. Je me demandais s'il me disait pas ça parce que ça risquait d'arriver.

Pendant quelques jours, on m'a encore emmerdée avec mon père, mais à force que je rabâche que c'était une erreur de l'armée, ça s'est tassé. Jusqu'au mercredi soir où des gendarmes se sont pointés à la maison et ont demandé à le voir. Évidemment, il était pas là et Jimino leur a dit qu'il savait pas quand il rentrerait. Ils l'ont pas cru et ont demandé depuis combien de temps il avait quitté la ville. Là, Jimino a senti qu'il se passait quelque chose de bizarre.

— Il est parti hier soir, a menti Jimino, mais je ne peux pas vous dire où.

— La dernière fois qu'il est parti sans prévenir, c'était quand ? a demandé celui qui avait une tête de fouine.

— Le mois dernier. Si vous voulez toute la liste depuis qu'il est môme, vous devriez aller voir sa mère, elle est du genre à tout noter.

La fouine a plissé les yeux comme s'il voulait nous faire comprendre qu'il fallait pas jouer à ce petit jeu avec lui, mais quand Jimino a demandé ce qu'ils lui voulaient, à mon père, ils se sont regardés comme s'il y en avait un des deux qui avait marché dans la merde sans savoir qui.

— Je ne devrais pas vous le dire, a fait le moins con des deux, mais on a reçu une lettre disant que votre fils s'était enfui pour échapper à l'armée. S'il ne se présente pas à la caserne, vous n'ignorez pas qu'il sera considéré comme déserteur, ce qui est passible d'emprisonnement.

— Il ne peut pas être déserteur, il a déjà fait son service ! a répliqué Jimino.

Les deux gendarmes se sont regardés, mais ils ont pas eu l'air de le croire.

— C'est dans son intérêt que nous venons vous voir, monsieur Saumur, a dit la fouine, pour que vous lui expliquiez...

— Bon Dieu, vous écoutez ce qu'on vous dit ?

— Nous entendons parfaitement, mais si l'armée dit que votre fils doit être incorporé, c'est qu'il doit l'être.

— Ben voyons !

— Ça n'est pas dans son intérêt de se cacher.

— Et c'est quoi, son intérêt ? D'aller se faire tuer dans le désert pour défendre ceux de riches propriétaires ? Allez-y, vous, si ça vous chante, tirez sur tout ce qui bouge et ramenez des médailles à la France, vous aurez un enterrement de première classe, la sonnerie aux morts et peut-être même le ministre au garde-à-vous pour verser des larmes de crocodile !

— Si l'on m'avait ordonné d'aller me battre, j'y serais allé. Je préfère mourir en patriote qu'en lâche. Mais ça reste personnel, monsieur Saumur, vous avez le droit d'avoir vos opinions.

— Exactement, et vous concernant, mon opinion est que je n'aurais pas aimé être votre voisin pendant la guerre.

— Et pourquoi ça ?

— Parce qu'au nom du patriotisme, vous auriez été foutu de me dénoncer quand j'allais saboter des rails ou faire sauter des réservoirs allemands !

— Vous me traitez de collabo ?

— Juste de bon Français, les mains propres et la conscience tranquille ! Faites votre devoir, la nation est fière de vous !

L'étape d'après, c'était de se coller des marrons, mais le plus grand a calmé le jeu en disant que si mon père rentrait avant le 30 avril, date de son incorporation, il fallait pas qu'il oublie de se présenter à la caserne de Toulouse. Il m'a ensuite regardée et a demandé si j'étais bien Hannah. Je voyais pas ce qu'il me voulait et encore moins comment il savait ça, jusqu'à ce que Jimino lui demande si dans la lettre qu'ils avaient reçue, il était aussi question de moi.

— Ça n'est pas du ressort de la gendarmerie, a dit la fouine qui avait pas l'air d'avoir digéré la petite friction avec Jimino, mais si la petite n'a plus ni père ni mère, sa place n'est peut-être plus ici.

— Vous avez raison, ça n'est pas du ressort de la police, a juste répondu Jimino. Dites-moi, cette lettre, elle est anonyme, n'est-ce pas ?

— Qu'est-ce que ça change, monsieur Saumur ?

Il aurait pas eu de képi, je crois bien que Jimino l'aurait traîné jusqu'à l'écurie du vieux Lambert pour lui coller la tête dans le purin. Mais devant l'uniforme, il valait mieux la fermer. Les gendarmes sont partis et Jimino a refermé la porte sans leur dire au revoir. Ensuite, il est allé dans la cuisine se servir un verre de rouge en me laissant plantée dans l'entrée. Quand je suis allée le voir, je pensais qu'il serait content de leur avoir rabaissé leur caquet, au lieu de ça, il faisait une tête de rabougri. Il a encore bu un verre et il a levé les yeux vers moi.

— Qu'est-ce qu'il y a ? T'as quelque chose à dire ?

C'était la première fois qu'il m'engueulait depuis qu'il était venu me chercher à Gavarnie. En plus, je voyais pas ce que j'avais fait pour le mettre en pétard. Comme une godiche, j'ai continué à le regarder dans les yeux et c'est comme ça qu'il m'a tout déballé :

— Je n'ai jamais saboté de rails allemands ou fait sauter de réservoirs, si tu veux savoir. Ni distribué de tracts, ni fait le guet, ni donné le moindre coup de main à ceux qui se sont battus. Et ça date pas de 40. La Première Guerre, c'est mon frère qui l'a faite à ma place. C'était moi le plus vieux, mais j'avais la trouille. On a échangé nos cartes d'identité et c'est lui qui est parti. Si tu te demandais pourquoi ton père n'était pas plus courageux, tu as la réponse. Je n'ai jamais pu lui apprendre ce que c'était que d'avoir des tripes.

De la gueule, ça oui, je lui ai bien montré, mais c'est bien tout ce que j'ai été capable de lui enseigner !

Je voyais pas pourquoi il me disait ça à moi. Ça m'aurait fait plaisir s'il avait été un héros de la guerre, mais si c'était pour être clamsé comme le grand-père de Sarah, ça valait pas le coup. Seulement, c'est pas comme ça qu'il voyait les choses. Il s'est encore envoyé un verre et a quitté la maison sans dire un mot. Il était sept heures passées et je savais pas si je devais le suivre, aller voir Martha ou attendre qu'il revienne. Ça m'a pris presque une heure à me décider et tout se mélangeait dans ma tête : ma mère, le claque, Gavarnie, la caserne, la mère Lapanolles. Je crois que ça aurait pu durer plus longtemps si j'avais pas senti la faim et un bon mal de cul, vu que j'avais pas bougé du banc de la cuisine. Je me suis levée et j'ai trouvé un reste de patates dans le frigo ; j'allais me couper une tranche de jambon quand j'ai entendu la porte s'ouvrir. Je savais que c'était Jimino à sa façon de pas faire de bruit, contrairement à mon père qui entrait partout comme s'il voulait dégonder les portes.

Jimino est entré, m'a regardée comme si on s'était pas vus depuis trois semaines et est allé reboucher la bouteille de rouge qu'il avait laissée sur la table.

— C'est bête de boire quand on n'a pas les idées claires. Et ce que je t'ai dit, c'est encore plus bête, tu peux tout oublier.

C'était pas compliqué avec tout ce qui m'était passé par le crâne, et de toute façon, c'était pas de savoir s'il avait fait la guerre ou pas qui m'intéressait, mais plutôt un truc qu'avait dit la petite fouine.

— Pourquoi j'aurais pas ma place ici, comme a dit le gendarme ?

— Il se goure. C'est ta maison, je suis ton grand-père, tu restes ici. Il a dit ça pour nous emmerder.

— En tout cas, je retourne pas au sana !

— Il n'est pas question que tu ailles au sana. Ni autre part. Tu manges ici, tu dors ici, tu vis ici.

J'étais rassurée, mais il y avait autre chose que j'avais du mal à comprendre :

— Qu'est-ce que ça peut leur faire, aux gens, que papa veuille pas aller à la guerre ?

— C'est comme a dit le gendarme : un Français qui n'est pas patriote, c'est un lâche. Mais c'est pas pour autant qu'ils iraient prendre sa place.

J'ai mâché mon jambon que généralement je trouvais bon, mais là, il avait plus de goût. Je repensais à ma mère, la Boche de La Chapelle-Meyniac. Elle aussi, elle avait reçu des lettres anonymes.

La seule bonne nouvelle de la soirée, c'est que le putsch des généraux était terminé. Trois des quatre pépés s'étaient rendus, ce qui voulait dire que la guerre allait peut-être finir. Mais il y avait rien de sûr.

Le baseball

— Bon, les poulettes, il serait peut-être temps de s'y mettre, non ?

— La ferme !

— C'est pas qu'on est pressés, mais si vous vouliez jouer en nocturne, c'était pas la peine de se donner rendez-vous à trois heures !

Les Ritals, c'est comme ça, il faut toujours qu'ils la ramènent ! On peut pas dire que ce soit des mauvais gars, mais à force, ça use. Surtout quand on est en train de mettre une tactique au point. Et au baseball, si on a pas de tactique, on paume. Sauf que le temps de l'expliquer à tout le monde, sans être sûr que ce soit bien compris, ça énervait ceux d'en haut. Surtout Rico qui avait des notions assez vagues de ce qu'était la patience.

— Dites, on en a deux qui se sont endormis, ça vaut le coup qu'on les réveille ou on les laisse faire leur nuit ?

Sarah s'en foutait complètement que ça l'agace. Ce qui comptait, c'était qu'on fasse pas de conneries, surtout que sur le papier, on était pas les plus forts.

À part le grand Jacques qui voulait qu'on l'appelle Babe Ruth, ou des fois Jackie Robinson, mais qui se faisait à chaque fois éliminer. On avait aussi Bonbonne et Françoise qui couraient pas très vite, et surtout Jules qui inventait des tactiques foireuses. Avec lui, on savait jamais à quoi s'attendre.

À trois heures et demie, Françoise a tapé la première balle, une praline qui a étonné tout le monde et qui m'a fait penser que pour une fois, le match commençait bien. Ça s'est enchaîné avec un Jules qui a respecté les consignes, et surtout un Victor qui a pataté la balle au bout du terrain. En fait, pendant trois quarts d'heure, on leur a mis la pâtée ! Bonbonne a même battu ses records de course et Jacqueline Roma a cogné comme une chef! Ils commençaient à faire la gueule, Jeanjean était à deux doigts de chialer, et Louison, mauvaise joueuse comme pas deux, a failli se barrer en baratinant que sa mère l'attendait. C'est à ce moment-là qu'il s'est pointé, tout mioche et sapé comme pour aller à la messe. On croyait qu'on le reverrait plus, mais c'était bien lui, tout blond, tout pâlot: La Semoule. On s'est arrêtés de jouer et on s'est regardés comme des cons.

— Tu sais jouer ? lui a demandé Sarah.

Il a regardé nos battes, nos gants, la manière dont on était fagotés, et il a fait non de la tête, ce qui fait qu'on a encore pas entendu le son de sa voix.

— Tu veux quand même jouer ?

On le connaissait pas, mais c'était pas dans nos habitudes de laisser un gars tout seul. Il a hoché la tête pour accepter et Rico a aussitôt dit qu'ils le prenaient avec eux. Ce qui est bien avec le baseball, c'est qu'on met pas deux ans à piger les règles : on court comme un dératé en suivant les bases et quand on prend la batte, c'est pour taper le plus fort possible. Même le plus neuneu comprend. En deux minutes, la Semoule était prêt à jouer. C'est Rico qui a gueulé son vrai nom à tout le monde :

— Il s'appelle Antoine et il est ni suédois ni polonais ! Maintenant, ceux d'en haut, on se bouge le fion si on veut pas prendre une raclée !

Jacqueline Roma s'est mise en position et a attendu que P'tit Jacques lance sa balle. Encore une fois, elle l'a catapultée à l'autre bout du terrain et a failli faire le premier home-run de sa vie.

Quand ça a été à la Semoule de batter, c'est moi qui me suis retrouvée en face pour lancer. Comme il avait sept ans à tout casser et que je voulais pas le ridiculiser, je lui ai pas fait ma balle glissante. Avec sa mèche bien peignée, sa chemise blanche et ses godasses neuves, on aurait dit qu'il sortait de communion. J'ai ralenti mon bras et je lui ai pratiquement donné la balle. Eh ben, ce morpion en a profité pour taper comme une mule ! On a même pas vu partir la balle et il nous a fallu au moins cinq minutes pour la retrouver dans le champ d'à côté. Pendant ce temps, il a marché pour faire le tour des bases et avec Sarah et les autres, on s'est demandé si c'était qu'il voulait pas se salir en soulevant de la poussière ou s'il se foutait de notre gueule. En tout cas, il a fait son home-run comme un petit merdeux, sans même un merci pour la balle fastoche que je lui avais lancée. Comme si ça suffisait pas, les autres en rajoutaient en murmurant « dans le cul les gonzesses » à chaque fois qu'on passait près d'eux.

Je sais pas si c'est ça, mais ça leur a redonné un coup de fouet ! On allait gagner tranquille et voilà qu'on paumait la troisième manche.

— Bon, les mecs, a dit Sarah en nous réunissant sur un côté du terrain, on donne tout ce qu'on a et on gagne ce match ! Toi, Jules, tu fais pas ta chochotte au moment de plonger et Victor, t'arrêtes avec tes chandelles à la mords-moi-le-nœud ! Parce que si on perd, ils vont pas se priver de nous charrier jusqu'à la Saint-Glinglin.

Depuis presque deux heures qu'on jouait, nos habits et nos cheveux étaient pleins de poussière, nos mains et nos genoux bien éraflés, et je commençais à sentir mes guibolles qui flageolaient à cause de la faim. C'est à six partout que c'est arrivé. Il restait un batteur dans chaque équipe, j'étais en défense avec Sarah, Françoise et Alain, quand Rico a frappé plein bois une balle pourtant travaillée de Bonbonne. Il a couru comme un fondu, tandis que la Semoule filait vers la troisième base. Sarah a plongé pour intercepter la balle et si elle me l'envoyait bien, on pouvait les éliminer tous les deux. Sauf qu'elle l'a lancée trop fort, que j'ai dû courir et regarder en même temps en l'air pour l'attraper. C'est là que j'ai senti le choc. Sur le moment, j'ai pas su ce qui s'était passé, juste que j'étais par terre, que j'avais mal partout et que ça gueulait dans tous les sens.

— Putain, elle l'a tué ! a dit la Jument derrière moi.

— Elle est complètement marteau, c'te fille ! a braillé quelqu'un pendant que j'essayais de me relever.

J'ai regardé autour de moi et j'ai vu tout le monde accourir. Je me disais qu'il y en aurait bien un pour m'aider, mais que dalle, je pouvais crever dans la poussière.

— Poussez-vous, faut voir s'il respire encore !

— Faut lui mettre des baffes s'il respire plus !

Je me suis relevée et c'est là que j'ai vu la dame blonde. Elle sortait de nulle part et personne la remarquait vu qu'ils étaient tous autour de celui que j'avais envoyé valser.

— Je vous dis qu'il est clamsé, a redit la Jument. On va tous aller en tôle !

— C'est pas nous qu'on l'a tué, a chouiné Jeanjean. Moi, je veux pas aller en tôle.

Avant de voir la tête de celui que j'avais percuté, je savais que c'était la Semoule. Il y avait que lui pour se trouver sur mon chemin ; il était en train de courir vers la quatrième base et moi, j'essayais d'attraper la balle de volée. Avec la différence de taille et de poids, il a morflé, forcément, mais je pensais quand même que c'était des craques qu'il était mort. Quand j'ai vu sa tête penchée sur le côté, son visage tout pâle et sa mèche qui lui tombait sur l'œil, j'ai senti mes jambes qui voulaient plus me tenir.

Ils m'ont tous regardée comme s'ils m'avaient jamais vue et j'ai senti que certains avaient peur de moi. Comme si je pouvais les zigouiller si ça me chantait !

— Il est pas mort, a dit Sarah qui avait placé deux doigts sous son cou pour sentir ses veines.

La Semoule a alors ouvert les yeux, relevé la tête, mais quand il m'a vue, il est retombé en arrière. Sur le moment, je me suis dit que je l'avais tué une deuxième fois. Rien qu'en le regardant.

— Poussez-vous, il y a quelqu'un qui veut le voir, a dit Rico en s'écartant.

La dame blonde s'est agenouillée et a posé sa main sur la joue de la Semoule. Il a rouvert les yeux et tout le monde a respiré. Moi, plus que les autres.

— Vous êtes sa mère ? a demandé Sarah.

— Oui.

— C'est un accident, vous savez.

— Ne vous inquiétez pas, il en a vu d'autres.

Elle l'a aidé à se relever et l'a tâté un peu partout pour voir s'il avait rien de cassé. Il a dit que ça allait, mais qu'il préférait rentrer.

— C'est Hannah qui l'a envoyé dinguer ! a cafté Louison en me montrant du doigt.

La mère de la Semoule s'est alors tournée vers moi et m'a regardée. J'ai pas su quoi dire et elle non plus. J'avais la gorge sèche, les jambes flagada et j'avais qu'une envie, rentrer chez moi. Elle s'est forcée à sourire, mais j'ai bien vu qu'elle était à deux doigts de pleurer. Peut-être qu'elle comprenait seulement maintenant que son môme avait failli y passer. Embroché en jouant au baseball par une ancienne tubarde ! Ça aurait fait bien sur sa tombe.

Hannah avec deux H

Dimanche matin, je me suis levée avec le moral à zéro. J'ai rêvé de mes parents, des ruines de Magdebourg, de Sarah sur la tombe de sa mère, de Lucien de Gavarnie qui jouait au baseball et qui s'écroulait raide mort, et de plein d'autres trucs aussi gais. Quand je me suis levée, Jimino était déjà au marché. J'avais pas trop envie de le rejoindre, et encore moins de rester seule. Je me suis douchée vite fait, j'ai pris un bout de pain et je suis partie. Dehors, il faisait chaud, ça aurait dû me faire plaisir de voir le ciel bleu, mais je m'en foutais.

Sur le chemin du marché, il y a l'église. Et le dimanche matin, à neuf heures, c'est la messe. J'y avais déjà été une fois ou deux, à Gavarnie, mais à La Chapelle-Meyniac, jamais. Ils étaient déjà tous rentrés et je sais pas pourquoi, j'ai eu envie d'aller voir. Je pensais pas faire de bruit, rester au fond sans qu'on me voie, seulement la porte a couiné plus fort qu'un âne. Le curé s'est arrêté et tout le monde s'est tourné vers moi. Ils étaient tous bien habillés alors que j'avais mis la première robe venue et des chaussures même pas cirées. Je me suis dit que si Dieu m'envoyait un éclair sur le crâne, je l'avais bien cherché. Mais le curé a recommencé à parler et les gens ont arrêté de se dévisser le cou pour voir ce que je foutais là. Je suis allée m'asseoir sur la première chaise et j'ai écouté.

Au début, j'ai rien compris. Il employait des mots compliqués et je me demandais si les autres pigeaient ou faisaient semblant pour pas avoir l'air trop con. Après, il a parlé de Dieu qui avait accompli des tas de miracles, même que ça prouvait bien qu'il était Dieu, et qu'il avait envoyé un Sauveur sur la Terre pour nous remettre dans le droit chemin parce que sinon on serait devenus des bêtes. Quand il a bifurqué sur le péché de chair, j'ai compris que ça concernait le claque. Dans l'assistance, ça a frétillé sur les chaises et j'ai vu le père Beuzier faire le dos rond. Je croyais que le curé allait dire que les putes étaient des envoyées de Satan, mais non, il a mis tout le monde dans le même sac. Elles aussi, c'était des égarées de Dieu. Il a expliqué que c'était pour ça qu'il fallait venir à l'église, pour laver ses péchés et repartir pour un tour jusqu'à ce qu'on s'égare à nouveau. J'imaginais mal les putes venir à la messe. Peut-être que le curé les aurait laissées entrer, mais la mère Lapanolles, la Ridel, la Blanchot et toute leur clique, fallait pas y compter. Les chaises, les prie-Dieu et même le confessionnal, elles en auraient fait du petit bois. En même temps, je me disais que si les putes avaient choisi d'être putes, c'était pas pour croire en Dieu et espérer aller au paradis, même si c'était moins grave que de tuer ou de voler. D'un autre côté, la bande à Lapanolles, peaux de vache comme elles étaient, avaient bien l'intention d'y grimper. Tous les dimanches fourrées à la messe, et à côté de ça, passer leur temps à faire chier le monde ! Moi, j'y croyais pas au paradis et à l'enfer, je trouvais ça con d'imaginer que quand on était cané, on allait soit à l'un soit à l'autre. On était cané, point. On nous enterrait, et ceux qui restaient passaient à autre chose. En plus, si c'était pour retrouver les mêmes cons qu'on avait vus sur terre, merci !

J'étais en train de penser à tout ça quand j'ai sursauté sur ma chaise. Tous, autour de moi, venaient de se mettre à chanter. Comme je connaissais pas les paroles, j'ai essayé de faire semblant pour pas avoir l'air débile, mais d'une, personne me voyait, et de deux, je m'en cognais complètement de leur gloire à Jésus. Il avait jamais rien fait pour moi et je croyais pas en Lui. Je me suis arrêtée et je les ai regardés. Certains avaient l'air d'y croire dur comme fer, mais j'ai bien vu que d'autres connaissaient pas plus les paroles que moi. Ils avaient une bonne seconde de retard et des fois, ils sautaient des mots ou carrément des phrases entières. Ça m'étonnait pas de ceux qui accompagnaient leurs bonnes femmes, mais quand j'ai vu que la mère Beuzier ou la mère Lesallé faisaient partie du lot, je me suis dit qu'elles avaient bonne mine de la ramener avec leur messe et leur signe de croix pour un oui ou pour un non. Je les ai laissés terminer et le curé a invité ses ouailles à venir boulotter une hostie. J'ai attendu que tout le monde soit passé en pensant que c'était terminé, mais non, ils se sont tous rassis pour repousser la chansonnette. Ça swinguait pas du tout, c'était même chiant. Après, tout le monde s'est encore levé, cette fois pour partir. C'est là que la mère Ridel est venue se planter devant moi.

— Je ne crois pas que ta place soit ici, elle a dit en me regardant de haut. Même si Dieu accepte tout le monde.

Et elle a rejoint ses copines. Qu'est-ce qu'elle me voulait, cette connasse ? À part que j'avais fait grincer la porte en entrant, je m'étais tenue à carreau. Et pourquoi ma place était pas ici, d'abord ? Elle débloquait, celle-là. J'avais pas envie de m'énerver et j'ai laissé tomber. J'ai attendu que tout le monde soit sorti et me suis approchée des cierges. J'ai encore vérifié qu'il y avait personne et j'en ai allumé un. J'ai fait ça sans réfléchir. J'ai même pas fait de prière. Peut-être que c'est ce que j'allais faire, mais j'ai pas eu le temps.

— La dernière arrivée, mais aussi la dernière partie ! a résonné une voix derrière moi.

J'ai senti mille glaçons glisser dans mon dos. J'étais toute raide et le seul truc que j'ai trouvé à faire, ç'a été de reprendre mon cierge pour le remettre à sa place.

— Si tu le retires, tu romps la communication avec Dieu. C'est bien pour t'adresser à Lui que tu as déposé ce cierge ?

— Je sais pas, j'ai répondu comme une conne.

— Tu es ici dans Sa maison. Repose ton cierge et parle-Lui, Il t'écoutera.

J'ai rallumé le cierge pour le remettre à côté des autres et je me suis retournée. C'était le curé qui était là. J'avais pas reconnu sa voix parce qu'il parlait doucement, pas comme tout à l'heure quand il faisait la messe. J'étais un peu rassurée parce que, une seconde, je m'étais dit que Dieu était descendu lui-même pour m'engueuler. En plus, j'avais allumé un cierge sans rien demander et s'il fallait payer quelque chose ou si c'était réservé aux membres du club, j'étais marron.

— Tu es venue à la messe et tu as déposé un cierge en vue d'une prière, veux-tu que nous parlions ou préfères-tu que ça reste entre Dieu et toi ?

J'en savais rien du tout. Parler avec le curé ou avec Dieu, ça m'était pas venu à l'esprit. N'empêche que j'ai failli tout lui déballer : les trois ans à Gavarnie que j'avais encore en travers de la gorge, ma mère qu'on avait forcée à partir et qui en était morte alors qu'elle en avait bien bavé pendant la guerre, mon père qui venait de se tirer, la Ridel qu'était venue m'emmerder y avait pas cinq minutes, et même le destin qui avait foutu la Semoule sur mon chemin pour que je le ratatine. Mais j'ai rien dit.

— Je vais te laisser parce que tu me sembles avoir beaucoup de choses à Lui confier, il a dit en pointant son doigt en l'air. Si tu n'as pas les réponses que tu cherches, tu peux venir me parler. Ça te va, comme ça ?

J'ai fait oui de la tête. Il allait retourner d'où il venait quand il m'a demandé comment je m'appelais.

— Hannah Saumur, j'ai dit.

Il a froncé les sourcils. Il avait pas l'air en colère, mais quelque chose clochait et je voyais pas ce que c'était.

— Tu es sûre d'être dans la bonne maison ?

J'ai rien compris. En croyant m'aider, il a dit qu'ici, c'était la maison des chrétiens. Merci, j'étais pas neuneu à ce point !

— Je ne crois pas que tu sois chrétienne, il a ajouté.

— Et je suis quoi si je suis pas chrétienne ? j'ai fait en m'énervant un peu.

— Tu es juive.

Ça m'a fait comme le choc avec la Semoule. J'étais toujours debout, mais j'aurais été par terre, c'était pareil. Ou flottant dans l'air comme une feuille qui sait pas où aller. Je m'en foutais d'être juive, chrétienne ou n'importe quoi, ce qui me tuait, c'est que je l'apprenais comme ça, sans prévenir, par un curé à qui j'avais jamais parlé avant.

— Tu ne savais pas ?

J'ai secoué la tête pour dire que non, et dans ma tête, ça turbinait à tout berzingue. J'avais mille questions qui venaient s'emplafonner à la porte de mon crâne : pourquoi personne me l'avait jamais dit ? Est-ce que Martha savait ? Et Jimino ? Et cette trou-duc de Ridel, c'est ça qu'elle voulait dire avec son « je ne crois pas que ta place soit ici » ? Et comment on était juive ou pas juive, d'abord ? Et pourquoi, bordel de merde, ça faisait encore des tas de questions sans réponse alors que j'avais rien demandé ?

— Veux-tu qu'on s'assoie et qu'on en parle ? Ça te ferait peut-être du bien.

La seule chose qui pouvait me faire du bien, c'était de revenir une demi-heure en arrière, quand j'étais en route pour le marché et que j'ai changé d'idée pour entrer dans cette église à la noix. Ou peut-être un mois en arrière, quand j'étais à Gavarnie et que, finalement, j'avais une vie de tubarde pépère. C'était pas pire que d'être ici, au milieu de gens qui savaient des tas de trucs sur moi que j'ignorais. Je lui ai dit non, peut-être une autre fois pour être polie. J'avais pas envie de parler, ni à lui ni à personne, même pas à Jimino ou à Martha. Ça me faisait mal de me le dire, mais ils m'avaient menti. Ou s'ils m'avaient pas menti, ils m'avaient pas dit la vérité, c'était pareil.

Quand je suis sortie de l'église, la bande à Ridel était encore là. Elles se sont arrêtées de parler et m'ont regardée d'un sale œil. Je me suis pas démontée et je suis allée la voir directement :

— Comment vous savez que je suis juive ?

Elle a haussé les épaules comme si j'avais sorti la connerie du siècle, mais je voyais bien qu'elle était pas fière. Elle a regardé ses copines parce qu'elle savait pas quoi me répondre. C'est la mère Lapanolles qui l'a fait :

— Hannah avec deux *h*, c'est juif.

C'est tout ? Juste parce que j'avais deux *h* à mon prénom, j'étais juive ? Bizarrement, elles ont toutes eu des trucs à faire. Elles étaient restées là juste pour voir quand j'allais sortir. La môme Saumur qui va à l'église alors qu'elle est même pas chrétienne, si c'est pas malheureux ! Pas un pour rattraper l'autre dans la famille : la mère Boche, le père déserteur, le grand-père anar, manquait plus que la petite tubarde juive.

— La juive, elle a allumé un cierge dans votre église, je leur ai gueulé avant qu'elles soient trop loin pour entendre. Elle a même fait une prière !

Elles se sont retournées et ont secoué la tête comme s'il y avait décidément rien à faire pour moi. Je m'en foutais, je les détestais. Je suis restée là à pas savoir quoi faire, et puis j'ai pensé à celui qui allait pouvoir répondre à mes questions.

M. Lioret habitait en haut du village, une maison avec des volets bleus. J'y suis arrivée en cinq minutes, j'ai frappé à la porte, mais il y avait personne. Je me suis assise sur le perron, les jambes au soleil et la tête à l'ombre, j'ai réfléchi à ce que ça impliquait d'être juive et j'ai pensé à ma mère. Je me suis dit que si elle était partie, c'était peut-être pas à cause des cons du village, mais à cause de moi. Parce qu'elle était allemande et que j'étais juive. C'était logique, les Allemands détestaient les juifs. Elle avait essayé de m'élever sans y penser, mais au bout d'un moment, ç'avait été trop dur de me supporter. Je lui rappelais la guerre, sa ville rasée, sa famille morte, c'était plus possible de vivre avec moi. C'était aussi pour ça que Martha et Jimino m'en parlaient pas, parce qu'ils voulaient pas me dire que c'était moi la responsable. J'allais rentrer en courant, mais c'est là qu'il est arrivé, deux gros sacs au bout des bras.

— Bonjour, Hannah, il a dit en se forçant à sourire.

Je lui ai dit bonjour tout en cherchant un mensonge pour me défiler, mais il m'a dit d'ouvrir et d'entrer, que la porte était pas fermée et qu'il allait faire une citronnade. J'avais rien envie d'avaler, mais j'ai fait comme il a dit.

— Ça ne concerne pas l'école, n'est-ce pas ? il a deviné en me montrant un fauteuil pour que je m'assoie.

Non, ça concernait pas l'école, même si j'étais sûre qu'on allait pas se gêner pour m'en reparler. Tout le monde allait savoir que j'étais allée à l'église, et tout le monde allait savoir aussi que j'étais juive.

C'était pas très bien rangé, chez lui. Des livres traînaient un peu partout et on sentait qu'il passait pas tout son week-end à faire le ménage. Ça se voyait aussi qu'il avait pas de femme parce que c'était triste. Chez nous aussi, c'était pas gai, mais au moins, on avait des fleurs.

— J'ai dit que je t'aiderais, mais je ne pourrai le faire que si tu me parles. Tu veux d'abord boire quelque chose ?

— Pourquoi on est juif ? j'ai demandé d'un coup.

Il devait pas s'y attendre, parce qu'au lieu de partir dans sa cuisine comme il avait décidé, il s'est arrêté et a plus bougé. Il a mis vingt secondes avant de se retourner et a inspiré fort comme si on en avait pour des heures. J'attendais une réponse simple, il avait pas ça en magasin.

— Je ne suis pas spécialiste, mais je crois qu'il y a plusieurs réponses à ta question. En fait, tout dépend de ce qu'on entend par juif. Est-ce que l'on parle de religion, de lien familial, de culture ? Ou bien d'appartenance à un peuple, de traditions ? Ça peut être tout à la fois ou une seule de ces choses. Je ne suis même pas sûr qu'il y ait de définition officielle. Des gens planchent sur la question depuis des siècles et ne sont pas d'accord entre eux. Ce serait plus facile si tu me disais ce que toi, tu veux savoir.

— Pourquoi je suis juive ?

J'avais pas plus clair et j'espérais que ça suffirait. Il s'est gratté le front et a regardé dehors comme si l'idée de se tirer venait de lui traverser l'esprit.

— Bien, procédons par ordre, il a dit en se redressant. Est-ce que tu observes le culte juif ?

— Ça veut dire quoi ?

— Est-ce que tu pries trois fois par jour, est-ce que tu manges kasher, est-ce que tu célèbres Hanoukka, Yom Kippour, d'autres fêtes juives ?

— Non, je sais même pas ce que c'est.

Il a hoché la tête et je me suis dit que, cette fois, on avançait.

— Tu n'es pas née en Israël ?

— Je suis née à Périgueux !

— Et comment sais-tu que tu es juive, d'abord ?

— C'est le curé qui me l'a dit. Et une bonne femme qui m'a dit qu'Hannah avec deux *h*, c'est juif.

Il a encore hoché la tête, mais cette fois, j'étais plus sûre qu'on était en train d'avancer.

— Alors, c'est peut-être que ta maman était juive ?

— Ça m'étonnerait, elle était allemande !

— On peut très bien être allemand et juif.

— Vous êtes sûr ? Les Allemands pouvaient pas les blairer, c'est même pour ça qu'ils ont voulu tous les tuer !

Il a tiqué sur « blairer », mais trop tard, c'était sorti.

— Tu te trompes. D'abord, tous les Allemands n'ont pas voulu exterminer les juifs, seulement les nazis. Et parmi les juifs persécutés, il y avait beaucoup d'Allemands. On peut très bien être les deux. Si toi, tu l'es, c'est probablement que ta maman l'était.

J'ai réfléchi, et comme je savais rien d'elle, je me suis dit que c'était possible.

— Les enfants de juifs sont forcément juifs ?

— Seulement si leur mère est juive.

Mon père l'était pas, ça j'en étais sûre. Mais ma mère, comment j'aurais pu savoir ? Martha venait juste de m'apprendre qu'elle était allemande !

— Tu ne sais pas si ta maman l'était ?

— Je sais rien d'elle. Juste qu'elle était allemande, qu'elle a rencontré mon père à Besançon et qu'ils sont venus vivre ici.

Il demandait rien, mais je lui ai raconté comment les gens du village l'avaient emmerdée et comment elle était partie dans l'Est alors que j'avais pas trois ans. Il habitait pas ici, à l'époque, il pouvait pas la connaître. Peut-être qu'il avait entendu des trucs sur elle, mais je préférais que ce soit moi qui raconte.

— Tu ne sais pas où elle est, aujourd'hui ?

— Dans une tombe vers l'Est. Elle est morte dans un accident de train.

— Je l'ignorais, il a fait, comme s'il y pouvait quelque chose. Je savais qu'elle ne vivait pas avec toi, mais pas qu'elle était morte.

On a rien dit pendant une minute parce qu'il était en train de réfléchir à je sais pas quoi et que moi, j'imaginais le cimetière où ma mère était enterrée.

— Comment s'appelait ta maman ?

— Elsa Kellermann.

— Effectivement, il y a toutes les chances qu'elle soit juive.

— C'est juif, Elsa ?

— Oui, et Kellermann est un nom à consonance juive, même si tous les Kellermann ne sont pas juifs.

C'était compliqué, mais je pigeais. Et il y avait une chose qui me faisait plaisir, c'est que ma mère était pas partie à cause de moi. Elle était allemande et moi française, mais on était juives toutes les deux.

On a un peu parlé d'autre chose pour détendre l'atmosphère et puis je me suis levée. Il m'a redemandé si je voulais de la citronnade, j'ai encore dit non.

— Vous dites pas à mon grand-père ce que je vous ai dit, hein ?

Il a hésité et il a dit d'accord. Mais il m'a fait promettre qu'un jour, il faudrait que je lui en parle. À lui ou à Martha, parce qu'à son avis, les secrets de famille, c'était bon pour personne. J'ai promis et je suis rentrée.

Sur le chemin, j'ai repensé au curé et à cette vieille bique de Ridel. Elle connaissait ma mère et ça faisait pas un pli que ses copines aussi. J'avais pas la preuve que c'étaient elles qui l'avaient traitée de Boche, huit ans plus tôt, et qui changeaient de trottoir quand elles la croisaient, mais ça ressemblait pas mal à ce qui s'était passé au marché avec Mme Ludwig. Et la lettre anonyme que les flics avaient reçue pour dénoncer mon père et dire que je vivais seule avec Jimino, ça collait aussi avec l'histoire de ma mère.

L'atelier de Jimino

Le lundi, on a pas eu classe parce qu'on était le 1er mai. Je comprenais pas pourquoi on travaillait pas alors que c'était justement la fête du Travail, mais Jimino m'a expliqué qu'en réalité, c'était la fête des Travailleurs.

L'après-midi, il devait aller faire de la musique avec ses copains et je me suis dit que c'était le moment de fouiller un peu la maison. J'aurais pu aller poser des questions à Martha, lui demander directement qui étaient les pourris qui avaient poussé ma mère à partir, mais cette histoire de juiverie qu'on m'avait cachée, ça m'avait pas plu. Martha pouvait me dire des trucs et m'en cacher d'autres cent fois plus importants et je préférais faire mon enquête par moi-même.

J'étais au milieu de l'escalier quand on a frappé à la porte. J'ai hésité avant d'aller ouvrir, puis j'ai entendu la voix de Sarah. Impossible de faire la morte avec elle, je suis redescendue ouvrir.

— Qu'est-ce que tu fais ? elle m'a demandé avec son air de « je m'emmerde, j'ai pas envie de rester seule ».

J'ai failli lui dire que j'avais rien de prévu, mais elle aurait tout de suite vu que je baratinais.

— J'allais fouiller la maison.

— Tu cherches quoi ?

— Des trucs sur ma mère.

Elle a changé de tête et m'a dit que c'était pas le truc le plus marrant à faire. J'ai répondu qu'il fallait bien qu'un jour je m'y mette et que c'était aujourd'hui.

— T'es sûre de trouver des trucs sur elle ?

— Je sais pas. Comme elle a habité ici, je me dis que c'est possible.

Je croyais l'étonner en disant ça, mais rien du tout !

— Tu savais qu'elle avait habité ici ? j'ai demandé.

— Ben oui. Quand t'es revenue de Gavarnie, on a parlé de toi, à la maison. Ma tante qui fait des fiches sur tout le monde s'est souvenue de ta mère.

— Et qu'est-ce qu'elle a dit ?

— Que c'était une gosse qui avait pas eu de chance.

Ben, merde, alors ! Tout le monde sauf moi la connaissait, ma mère, ou quoi ?

— Tu savais aussi qu'elle était juive ?

Je devais faire une tête bizarre parce qu'avant de répondre elle a pris du temps pour bien me regarder, comme si d'un coup je débloquais à pleins tubes. J'allais lui reposer la question, mais elle m'a devancée :

— Évidemment. Et toi aussi.

Bon, alors là, au point où on en était, si elle savait la couleur de ma culotte, ça m'étonnait même plus.

— Tu savais pas que t'étais juive ?

Le curé et M. Lioret m'avaient posé la même question, ça faisait la troisième fois en deux jours. Et comment j'aurais pu savoir si on me l'avait jamais dit ?

— Moi aussi, je suis juive. Tu penses, des Sarah ou des Hannah qui le sont pas, ça doit pas courir les rues.

— Et ça fait quoi, d'être juive ?

— Si t'as pas la foi, rien. Tu le sais, c'est tout. Sauf s'il y a une guerre avec les Allemands, là, tu la boucles.

Je saurais pas trop dire pourquoi, mais ça me rassurait. À part que je passais pour la reine des pommes.

— Elle était allemande, ma mère.

Je crois que je l'ai dit à ce moment-là pour qu'elle soit pas étonnée plus tard. Comme ça, elle savait tout. Elle a réfléchi à ce que ça changeait, et puis elle a haussé les épaules. En gros, elle s'en foutait !

— Et tu cherches quoi sur ta mère ?

— J'en sais rien. Je sais même pas s'il y a quelque chose à trouver.

Finalement, j'étais contente qu'elle soit là. À deux, ça foutait moins la trouille. Et puis, c'était ma meilleure copine. On se ressemblait : deux filles d'en bas, presque du même âge, juives toutes les deux, avec des mères mortes. On est entrées dans la chambre de mon père et on a attaqué par la penderie.

Au bout de deux heures, on avait fait toutes les pièces et même le grenier, mais on avait rien trouvé, à part un foulard en soie au fond d'un carton. Au départ, il devait être bleu foncé, mais la couleur était passée et il puait le renfermé. J'étais quand même presque sûre qu'il avait appartenu à ma mère. Je l'ai planqué dans ma chambre pour le laver plus tard, comme si c'était le plus grand trésor de la terre. En réalité, j'étais déçue. Ça me faisait mal de rien trouver alors qu'elle avait habité ici pendant plus de deux ans. Comment c'était possible d'effacer toutes les traces de quelqu'un ? Et pourquoi mon père avait fait ça ?

On avait soif et je nous ai servi deux grands verres de lait qu'on a été boire sous la tonnelle. On a reparlé du baseball et de la Semoule, et c'est là qu'elle m'a dit que lui et sa mère habitaient à la Duduc.

— Elle est pute, sa mère ?

— Si elle habite là-bas, c'est sûrement pas pour faire du tricot.

— Comment tu le sais ?

— Je les ai vus.

Elle m'a raconté que la veille, avec ses frères, elle avait été y faire un tour parce qu'ils voulaient voir quel genre de gars allait là-bas. C'était une excuse pour zyeuter les nénettes en dentelle, mais comme Sarah avait rien d'autre à faire, elle les a accompagnés. Ils sont restés planqués dans le petit bois et ont vu Phlegmon, le gars à tout faire de la mairie, se pointer en essayant de pas se faire voir. C'est quand ils ont fait le tour de la Duduc qu'ils ont vu la Semoule en train de jouer au ballon avec une nana qui s'appelait Manon. Elle avait dans les vingt ans, peut-être même pas.

— En fait, t'as vu que lui, t'as pas vu sa mère.

— S'il était là, elle devait pas être loin !

Je sais pas pourquoi, ça me plaisait pas que la Semoule habite avec les putes. Ou alors, c'était sa mère, je voulais pas que c'en soit une.

— Peut-être qu'ils passaient juste la journée là-bas, ils connaissent quelqu'un et ils viennent de temps en temps ?

— Tu crois qu'on peut prendre le goûter au bordel, toi ? C'est pas un salon de thé !

Le môme devait voir les autres putes toute la journée, peut-être même qu'il mangeait avec elles ou qu'elles l'aidaient à faire ses devoirs quand sa mère était occupée. Ou alors, il savait pas que c'était des putes. Il pensait que c'était des copines de sa mère qui avaient décidé de vivre ensemble. En tout cas, ce qui était sûr, c'est qu'il avait pas de père.

— Et là, on fouille pas ?

Je regardais ailleurs et j'ai pas vu de quoi elle parlait.

— La remise, là ?

Ça a pétaradé dans ma tête dès que j'ai regardé du côté de l'atelier. Pour moi, c'était réservé aux expériences de Jimino, c'est pour ça que j'y avais pas pensé. J'ai même pas fini mon verre, je l'ai posé par terre et j'y suis allée.

Du foutoir, il y en avait et pas qu'un peu. Entre les cartons à moitié remplis, ceux qui débordaient, les caisses empilées les unes sur les autres, les vieux pots de peinture et les outils à plus savoir qu'en faire, c'était pas facile de trouver un endroit à peu près rangé. Sans compter les étagères qui s'affaissaient tellement qu'on se demandait comment elles s'étaient pas déjà écroulées. On avait plus vite fait de tout foutre par terre parce que tel que c'était parti, soit on y passait la semaine, soit on avait une chance sur deux de se faire aplatir comme des crêpes.

— Faut réfléchir, elle a dit. S'il y a des trucs planqués qui te concernent, forcément c'est pas en bas, sinon, t'aurais pu tomber cent fois dessus.

Ça éliminait la moitié du boulot, mais c'était pas une victoire. Ça voulait dire qu'il fallait grimper en haut des étagères et des deux armoires.

— Si t'as la trouille, j'y vais.

Quand elle disait ce genre de truc, valait mieux se décider vite si on voulait pas qu'elle fasse tout toute seule. On a pris l'échelle pour l'adosser à la première armoire et j'ai commencé à grimper. Les pieds étaient pas d'équerre et dansaient un peu, mais j'ai réussi à monter jusqu'en haut. Au-dessus de l'armoire, il y avait deux cartons trop lourds pour que je les descende. J'ai fouillé avec ma main en essayant de pas penser aux araignées ni aux rats.

— Qu'est-ce que tu sens ?

— On dirait de la vaisselle. Des assiettes ou des plats dans du papier journal.

J'ai sorti le premier paquet venu et je l'ai tendu à Sarah qui l'a déballé.

— La vache, c'est pas de la gnognotte ! elle a fait en découvrant une saucière. Y a même de l'or sur les bords ! Sors autre chose, pour voir !

J'ai sorti deux assiettes du même service. C'était de la belle porcelaine avec un filet doré comme sur la vaisselle des riches.

— Ben dis donc, y a une époque où on a pété dans la soie, chez les Saumur !

Je me demandais ce que ça foutait ici et surtout pourquoi on s'en était jamais servi. C'est pas qu'on était des traîne-misère, mais on peut pas dire qu'on impressionnait notre monde. J'ai tout remis en place et j'ai fouillé dans le carton d'à côté. Je suis tombée sur une vieille lampe, un réveil cassé et des bricoles. Sarah devait en avoir marre de poireauter et a voulu inspecter l'autre armoire. Elle a pris une chaise, elle atteignait à peine le premier carton, mais ça l'a pas empêchée de tirer dessus d'un coup sec. En moins de deux, elle s'est retrouvée comme une débile, à essayer de le repousser sur le haut de l'armoire, sauf que le carton était déjà à moitié sur sa tête et que toute seule, elle pouvait pas s'en sortir.

— Viens m'aider, bordel de merde ! elle a gueulé comme si c'était de ma faute.

Je suis descendue de mon échelle pour monter sur sa chaise, seulement quand on a levé la tête, on a vu que ce con de carton était en train de se crever par en dessous. On s'est regardées et on a tout balancé le plus loin possible en priant que ce soit pas encore de la vaisselle. Ça a fait un gros bruit et plein de poussière, mais rien a été cassé. Par terre, on a vu des robes, des pulls et deux manteaux. Sarah a pas voulu y toucher et m'a demandé si je voulais qu'elle parte. Je voyais pas pourquoi, mais quand je l'ai regardée, elle avait les larmes aux yeux. J'ai compris que ça lui rappelait les affaires de sa mère. Elle m'a dit que son père avait encore rien jeté.

— On a encore des cartons à descendre, j'ai dit avant que la tempête de mauvais souvenirs souffle dans sa tête.

On a trouvé des chaussures, des bas, des gants et tout un attirail de maquillage, ce qui voulait dire que ma mère faisait drôlement gaffe à son apparence.

Si ça se trouve, les vieilles peaux qui l'avaient emmerdée étaient jalouses comme des poux. Une belle nénette avec des robes à fleurs et des chaussures à talons qui passait sous leur gros pif, elles en avaient fait des ulcères !

Il était tard dans l'après-midi et Jimino risquait de rentrer. On a inspecté deux autres cartons, sans rien trouver d'intéressant, et on a tout rangé comme c'était. Ce que j'aurais voulu trouver, c'était une photo. J'en avais jamais vu et je m'étais toujours contentée de ce qu'on m'en disait.

C'est pas dans un carton qu'on a fait la plus grosse découverte, celle qui m'a fait tout sec dans la gorge et mal au bide comme si j'avais pas mangé depuis huit jours. Tout en haut d'une étagère, cachée derrière des pots de peinture, on a trouvé une petite boîte en fer avec un cadenas qu'on a pas eu de mal à faire sauter. Dedans, il y avait un bloc de belles feuilles, un stylo plume et une bouteille d'encre séchée. Il y avait rien d'écrit sur le bloc, mais en dessous, j'ai trouvé trois lettres. J'ai essayé de lire, mais je comprenais rien et je me suis dit que c'était pas des lettres à nous. Sarah a compris avant moi.

— C'est de l'allemand. Ce sont des lettres de ta mère !

Je sentais plus la boîte dans mes mains et j'ai failli tout lâcher.

— Tu causes pas allemand ?

C'était plus une affirmation qu'une question, et non, à part «*ein, zwei, drei*» ou «*achtung bicyclette, pompe à vélo*», je connaissais rien. Les lettres étaient écrites recto verso et datées du 23 septembre, du 30, et la dernière du 3 octobre 1952. J'avais deux ans et trois mois à l'époque, celle où ma mère était partie.

— Là, c'est marqué Hannah !

Sarah comprenait pas plus l'allemand que moi, mais à la quatrième ligne, il y avait mon prénom. Ça s'est brouillé devant mes yeux, je savais plus ce qui se passait, j'ai juste senti Sarah tirer sur les lettres pour me les prendre.

— Donne, c'est pas le moment de chialer dessus pour les dégueulasser !

J'ai desserré mes doigts et je l'ai suivie dehors. On a été dans le jardin, elle m'a redemandé si je voulais rester seule et j'ai redit que non.

— Tu vas demander à qui pour te les traduire ?

J'en savais rien. J'ai repris les lettres et les ai rangées dans ma poche ; ensuite on a tout remis en ordre dans l'atelier. Sarah est rentrée chez elle, il était six heures, on avait fait aucun devoir pour le lendemain. J'allais avoir du mal à m'y mettre, parce que dans ma tête, il y avait plus de place pour autre chose que les lettres de ma mère.

L'espion

J'ai rien dit à Jimino quand il est rentré, et comme il est pas allé dans son atelier, il a pas vu qu'on avait fouillé. Il faisait quand même une drôle de tête, ce qui était pas normal puisqu'il revenait de chez la Globule. J'ai pensé que c'était à cause de papa qui donnait pas de nouvelles, mais j'y croyais pas trop. Il a même pas voulu faire une belote, alors que depuis trois jours on en faisait toujours une petite avant d'aller au lit. À un moment, il m'a regardée comme s'il allait dire quelque chose et puis il a tourné la tête.

— Quoi ? j'ai demandé.

— Tu as fait tes devoirs pour demain ?

— Oui. Mes leçons aussi.

Il pouvait pas m'engueuler pour mon mensonge vu qu'il mentait aussi. Sauf que lui, personne allait lui coller un zéro en cas d'interro surprise. J'ai failli lui demander s'il connaissait l'allemand, mais il m'aurait fait ses yeux qui voient à l'intérieur et il aurait deviné pour les lettres.

Pendant une heure, dans mon lit, j'ai réfléchi à tout ce qui s'était passé pendant le week-end. La Semoule, que j'avais failli tuer, je commençais à l'oublier depuis que Sarah m'avait dit qu'elle l'avait vu jouer au ballon à la Duduc. Je pensais aux lettres de ma mère, mais ce qui tournait en boucle dans ma tête, c'est que j'étais juive. Ou plutôt que le curé et la mère Ridel le savaient. Le curé, encore, je m'en foutais, je me disais que c'était comme les toubibs, ils avaient pas le droit de dire ce qu'ils savaient. Par contre, la Ridel, c'est sûr qu'elle avait dû le crier sur les toits. Je voyais d'ailleurs pas ce que ça pouvait lui foutre, mais comme elle était née vipère et qu'elle allait crever vipère, elle avait dû cracher ça comme un venin. Et il y a huit ans, je pouvais mettre ma main à couper que ç'avait été pareil pour faire chier ma mère. Ça lui suffisait pas d'être boche, à celle-là, fallait en plus qu'elle soit juive ! Je les imaginais, les Lapanolles, Blanchot, Lesallé, et la Ridel en tête qui l'insultaient au marché ou à la sortie de leur église de faux culs. Plus j'y pensais, plus j'étais sûre que c'était elles qui lui avaient envoyé des lettres anonymes.

J'étais en train de m'endormir quand j'ai entendu un bruit dans le jardin. Ma fenêtre était ouverte à cause de la chaleur et j'ai ouvert le volet sans qu'il grince. Comme on était à deux nuits de la pleine lune, j'ai pas eu besoin d'allumer. J'ai tendu l'oreille et j'ai tout de suite vu d'où ça venait. De l'autre côté du grillage, le chiot boulotteur de fraises était revenu et s'en donnait à cœur joie. Je trouvais dingue qu'un chien aime les fraises, mais d'un autre côté, s'il avait su qu'on bouffait des escargots ou du niolo, il aurait pas trouvé ça mieux. C'est à ce moment-là que j'ai entendu un autre bruit un peu plus loin. Ça venait de sous un arbre, de l'autre côté du chemin. Il y avait pas de route à cet endroit et si c'était quelqu'un, je me demandais bien ce qu'il pouvait faire là en pleine nuit. J'ai fait comme si je regardais le chiot, mais je quittais pas l'arbre des yeux. Je suis restée comme ça cinq minutes et j'ai fini par me dire que tant qu'on me verrait à la fenêtre, personne allait se montrer. Je me suis reculée dans le noir de ma chambre, j'ai pris une chaise et je me suis assise sur le dossier. J'ai attendu encore cinq minutes, rien a bougé. Après tout, c'était sûrement une bestiole qui avait fait craquer une branche. J'aurais bien voulu que ce soit autre chose, même un fantôme, ça m'aurait fait des trucs à raconter à l'école. Une fois, à Gavarnie, avec Hélène, on avait entendu la Callas chanter au-dessus de notre chambre. On avait reconnu sa voix, mais ça pouvait pas être elle, d'abord parce que personne dormait au-dessus, ensuite parce qu'elle était morte six mois plus tôt. Dans le dortoir des gars, Jojo en avait pissé dans son froc. Ça s'était reproduit deux fois dans la semaine, et après, plus rien. On en avait parlé à Tintouin, au risque de passer pour des brêles, et ce con avait rien trouvé de mieux que de nous dire que ceux qui mouraient ici revenaient régulièrement, même que ça faisait longtemps qu'il avait pas entendu Yanovitch, un cinglé qui avait découpé en rondelles toute sa chambrée le jour de l'An 1900. On y avait cru un moment et puis on avait compris qu'il s'était foutu de nous. N'empêche que la Callas, on l'avait bien entendue et personne avait d'explication.

J'étais en train de bâiller tout ce que je savais quand le chiot a levé la tête des fraisiers. J'ai cru qu'il allait partir, mais il s'est dirigé droit vers l'arbre où j'avais entendu du bruit. Il s'est mis à remuer la queue et j'ai failli tomber de ma chaise en voyant une main lui caresser la tête. Le chiot s'est alors dressé sur ses pattes et quelqu'un l'a repoussé des deux mains. Sauf qu'il a dû se dire que c'était pour jouer et qu'il est revenu à la charge en aboyant. J'ai entendu un « chut », pas assez fort pour que je reconnaisse la voix. Au chien, ça lui a rien fait. Il s'est mis à courir dans tous les sens comme si c'était son quart d'heure de dinguerie. Dans ces cas-là, faut plus bouger et attendre que ça passe, sinon, c'est encore plus le bazar. Il a encore aboyé et le fantôme a dû avoir peur d'être découvert. C'est là que je l'ai vu en entier, quand il est sorti de sa cachette pour partir. En tout cas, la silhouette. J'ai pas distingué qui c'était à cause de la grande cape et de la capuche relevée sur la tête. Il s'est retourné pour regarder dans ma direction, mais j'ai encore pas pu voir son visage. Après, il a disparu derrière des maisons.

Ça m'a pas aidée à m'endormir. Je me demandais si c'était la première nuit qu'il venait là ou si ça durait depuis un moment. Avant d'en parler à Jimino, je me suis dit que le mieux, c'était d'attendre de voir les nuits suivantes. Il y a qu'à Sarah que j'allais en parler, j'étais sûre qu'elle allait trouver ça dément.

À l'école, la Semoule était là, dans la classe des petits chez la mère Lapanolles. Il avait un cocard à l'œil, un coude et une jambe éraflés. J'ai essayé plusieurs fois d'aller m'excuser, mais à chaque fois, il a trouvé une combine pour m'éviter. Ceux d'en haut me faisaient des tronches comme si j'étais Landru. J'aurais pu brailler mille fois dans un micro que j'avais pas fait exprès de l'emplâtrer, ça aurait servi à rien. J'ai laissé tomber en me disant que, tôt ou tard, on allait se retrouver l'un en face de l'autre et que s'il se débinait pas, je pourrais lui dire que j'avais eu aussi peur que lui.

À la récré de trois heures, il est pas sorti dans la cour. Je pensais que c'était qu'il avait pas envie de tomber sur moi, mais Nicole, la sœur d'Alain, nous a raconté qu'il avait déjà chopé une punition. En classe, quelqu'un avait fait claquer un chewing-gum et s'était pas dénoncé ; Lapanolles avait pas mis longtemps à décider que c'était lui et l'avait privé de récré jusqu'à mercredi soir. C'était vache, mais ça lui ressemblait. Une chose était sûre, c'est que ce môme-là avait pas de bol. Pire que Jacques Vingtras.

Sarah, comme j'avais prévu, a adoré mon histoire d'espion. Elle a pas mis longtemps à trouver plein d'idées pour le démasquer au cas où il reviendrait. Ça allait de se planquer dans les fourrés à cacher un appareil photo avec déclencheur automatique, en passant par poser un piège à loup à un endroit stratégique. Sauf qu'on avait pas d'appareil photo, qu'avec son idée de piège à loup, on risquait de blesser le chiot, et que je nous voyais pas passer la nuit dans les fourrés à se peler les miches. Surtout que si l'espion revenait, il y avait des chances qu'on ait la trouille de notre vie ou qu'on soit en train de pioncer comme deux débiles avec des bestioles qui nous courent dans le cou. En plus, je m'en foutais de savoir qui c'était. Si quelqu'un avait du temps à perdre à m'espionner, c'était son problème. Sarah m'a quand même dit qu'elle chercherait d'autres idées pour le démasquer, mais qu'elle avait pas que ça à faire, référence à la punition que M. Lioret lui avait mise à cause du « Corbeau et du Renard » qu'elle avait pas eu le temps d'apprendre. Ce qui fait que je suis allée toute seule à la Duduc. J'avais pensé lui demander de m'accompagner, mais c'était mieux comme ça. Les lettres, c'étaient celles de ma mère, elles concernaient que moi.

À la sortie de quatre heures et demie, j'avais pas envie qu'on voie où j'allais et j'ai traîné dans la cour en attendant que tout le monde rentre chez lui. Au bout de dix minutes, il y avait plus personne et je me suis décidée. Tout allait bien au début, à part que j'avais l'impression d'avoir faim. Et plus j'approchais, moins je sentais mes jambes. C'était comme si elles voulaient plus me porter, comme si elles avaient décidé de s'arrêter sur le bord du chemin. Et le mal au ventre, j'ai vite compris que c'était la trouille. J'avais l'impression qu'on me pétrissait les boyaux. Les lettres étaient dans la poche de ma robe, avec la fermeture Éclair bien fermée. Dix mille fois, dans la journée, j'avais vérifié qu'elles étaient toujours là. J'avais même refusé de jouer à la balle au prisonnier, de peur de tomber et que ma poche se déchire.

Il y avait deux voitures garées dans la cour et j'ai eu envie d'attendre qu'il y ait plus personne. Sauf que d'une, je savais pas pour combien de temps ils en avaient, et de deux, il pouvait très bien en arriver d'autres. Surtout qu'il était pas loin de cinq heures, que c'était bientôt la sortie des bureaux et des usines et que Sarah m'avait dit que c'était comme au resto, tout le monde se pointait en même temps. Deux bagnoles, ça voulait dire que les putes étaient pas toutes occupées et qu'au moins quelqu'un allait m'ouvrir.

C'est sur Camille que je suis tombée. Elle m'a pas dit son prénom parce qu'elle était trop occupée à comprendre ce que je foutais là, mais je l'ai su juste après.

— Qu'y a-t-il, Camille ? a fait Mme Ludwig avec son accent à vriller les tympans.

— Une jeune fille demande à vous voir. Une très jeune fille.

— Jeune comment ?

— Trop jeune pour travailler ici. À mon avis, pas plus de dix ans.

J'allais bientôt en avoir onze, mais j'étais pas là pour chipoter. Surtout que mon mal de bide s'arrangeait pas, que j'avais les mains moites et la gorge sèche comme une meringue, raison pour laquelle Camille avait rien compris à ce que j'avais dit. J'attendais sur le perron quand Mme Ludwig, débordant d'une robe jaune pâquerette, s'est plantée devant moi. Au lieu de ma salive j'ai eu l'impression d'avaler un caillou.

— Bonjour, petite. Tu es sûre que tu ne t'es pas trompée d'adresse ?

J'ai fait non de la tête.

— Non ? C'est bien moi que tu viens voir ?

— Vous savez l'allemand ? j'ai juste demandé.

Ça lui a fait une drôle de trombine de froncer les deux sourcils en même temps. D'un coup, je lui foutais toute sa journée en l'air.

— Qui t'a dit ça ?

Je me souvenais plus bien et de toute façon, ça allait rien changer. J'ai préféré lui dire pourquoi j'étais là.

— J'ai des lettres que je peux pas lire, j'ai fait en les touchant dans ma poche, elles sont en allemand.

— Et tu veux que je te les traduise, c'est ça ?

Comme ça pouvait être rien d'autre, j'ai pas répondu et je l'ai laissée réfléchir. J'avais un peu la trouille qu'elle dise non, mais je sentais qu'elle allait pas me claquer la porte au nez. J'ai pas eu besoin de faire ma tête triste qui marche à tous les coups avec Jimino, elle m'a fait entrer et m'a conduite dans un couloir tout moquetté en rouge. Comme elle avait un truc à finir, elle m'a demandé de l'attendre dans le bureau du fond. En passant, si je voulais, je pouvais prendre des biscuits posés sur une table, mais j'ai rien pris parce que j'étais pas sûre de pouvoir avaler quoi que ce soit. Il y avait des tas de portes sur les côtés, toutes fermées, sauf une. Je me demandais si c'était là qu'elles étaient, les putes, mais ça me paraissait bizarre. À mon avis, c'était plutôt dans les étages. J'en ai poussé une qui a pas fait de bruit en s'ouvrant et je suis tombée sur la Semoule. Il était de dos, je me suis approchée pour voir ce qu'il faisait. C'était pas ses devoirs, il bricolait une boîte rouge vif, un truc à ressort qui fout la trouille à celui qui l'ouvre.

— C'est pour faire une farce ? j'ai demandé sans penser une seconde qu'il m'avait pas entendue.

Il a fait un bond sur sa chaise et le mécanisme s'est déclenché, faisant jaillir une toile qui s'est tendue vingt centimètres au-dessus en claquant comme une peau de tambour. J'ai crié parce que je m'y attendais pas et j'ai vu ses yeux furibards. Il a rien dit pendant cinq secondes, comme s'il essayait de comprendre comment j'étais apparue là, et puis il m'a parlé pour la première fois :

— C'est chez moi, ici, t'as rien à y faire ! Comment t'es entrée, d'abord ?

Je lui ai expliqué que c'était Mme Ludwig qui m'avait dit d'aller attendre dans son bureau, mais il m'a pas laissée finir.

— C'est pas ici, c'est au bout du couloir.

— Je voulais pas te faire peur, je savais même pas que t'étais là.

Il a rien écouté et a replié la toile pour la bloquer dans la boîte. Il a ramassé ses tournevis et quelques bricoles et a fait un grand tour pour m'éviter.

— Et pour le baseball, j'ai dit avant qu'il sorte, je l'ai pas fait exprès, mais je m'excuse quand même.

Il s'est arrêté, s'est tourné vers moi et a levé sa tête de mioche en colère.

— Je te crois pas.

C'est tout ce qu'il a dit, et pas gentiment. Il s'est carapaté vers le salon, mais je l'ai pas suivi parce que Mme Ludwig allait revenir. Dans sa caboche de môme, il pensait vraiment que j'avais voulu le tuer. Ça a pas eu le temps de m'énerver parce que Mme Ludwig est arrivée.

— Elles sont importantes, ces lettres, j'imagine ? elle a fait en me poussant jusqu'à son bureau.

— Elles sont de ma mère.
— Et personne ne te les a jamais lues ?
— Avant hier, je savais pas qu'elles existaient.
On est entrées dans son bureau et elle a refermé la porte. Elle m'a dit de m'asseoir dans un gros fauteuil en velours, avec des accoudoirs sculptés comme chez les riches, et elle s'est assise derrière un bureau grand comme une table de salle à manger. Je lui ai tendu les lettres, elle a soulevé ses grosses fesses pour se pencher, j'ai cru que ses doudounes allaient rouler vers moi comme des boules pour dégommer les quilles. Et puis elle s'est rassise et a allumé une lampe pour mieux y voir.

De la part des juives

Si je m'étais écoutée, les mouchoirs de Mme Ludwig, j'aurais pu les remplir à la chaîne. Mais j'ai pas voulu. Même si elles pouvaient pas me voir, ça aurait fait trop plaisir aux vieilles biques. Maintenant, je savais que c'étaient elles qui m'avaient volé ma mère. Ridel, Lesallé et Blanchot étaient marquées en toutes lettres, c'est elles qui lui disaient de retourner en Allemagne. Quand elles avaient compris qu'elle était pas nazie, la Ridel lui avait dit qu'il y avait pas de place pour les juifs à La Chapelle-Meyniac, qu'elle avait rien contre eux, mais que c'était quand même à cause d'eux qu'il y avait eu la guerre. Je comprenais mieux pourquoi elle était venue me dire à peu près la même chose à l'église. Cette pourriture, je l'avais jamais encadrée et elle perdait rien pour attendre. Elles avaient monté le village contre ma mère, même les gens qui, au début, s'en foutaient qu'elle soit allemande ou juive. Elles avaient aussi lancé une rumeur qui disait que j'étais pas la fille de mon père, mais celle d'un Allemand qu'elle aurait revu en douce. Tout ça parce qu'on était blondes toutes les deux et que mon père était brun. Ma mère parlait aussi de deux autres bonnes femmes, une qui s'appelait Bertin, mais celle-là était morte depuis longtemps, et une autre qui avait une fille de quinze ans. C'était en 52, ça lui en faisait vingt-quatre aujourd'hui et je voyais pas qui ça pouvait être. En tout cas, c'était bien comme m'avait raconté Martha, sauf qu'elle avait pas dit qu'on était juives. Elle m'avait rien dit non plus sur les lettres et je me demandais si elle savait qu'elles existaient.

Dans les deux dernières lettres, ma mère redisait qu'elle m'aimait, mais qu'elle se sentait pas assez forte pour m'élever. À un moment, j'ai failli lui en vouloir, la trouver lâche, mais ça a pas duré. C'est juste que j'étais triste qu'elle ait pas pu faire autrement. Elle disait aussi qu'elle arrêtait pas de chialer, pas à cause des connasses qui l'emmerdaient, mais parce que l'idée de s'enfuir prenait de plus en plus de place dans sa tête.

Je sais pas ce qui s'est passé après ce mois d'octobre 1952, personne a jamais voulu me dire. Combien de temps après est-ce qu'elle est morte ? Comment ? Où est-ce qu'on l'avait enterrée ? Tout ce que je savais, c'est qu'elle retournait dans l'Est. Sauf que l'Est, ça pouvait être n'importe où. Et qui y avait été, à son enterrement ? Mon père ? Jimino ? Martha ? Moi, mais j'étais trop petite et je m'en souvenais plus ? En tout cas, personne y était jamais retourné pour mettre des fleurs. À moins que sur les tombes juives, on en mette pas. À chaque fois que j'essayais d'imaginer ce qui s'était passé, je sais pas pourquoi, je voyais un accident de train. Elle retournait en Allemagne et le train déraillait. Comme personne savait où elle voulait aller, on l'avait enterrée dans le bled le plus proche. Et le bled, j'avais jamais demandé comment il s'appelait.

— Bon, ben moi, je veux bien être gentille, mais les histoires de famille, je m'en mêle pas ! a dit Mme Ludwig en repliant les lettres et en me les rendant.

Elle s'est levée et m'a laissée plantée là en disant que si je voulais manger ou boire quelque chose, j'avais qu'à appeler Camille. Elle est sortie du bureau et je l'ai plus revue. C'est pas que j'avais envie qu'elle me prenne dans ses bras pour me consoler, mais la voir se débiner comme ça, je peux pas dire que je m'y attendais. Du coup, ça m'a encore moins donné envie de chialer. J'ai rangé les lettres dans ma poche, je suis descendue de mon fauteuil et je suis sortie à mon tour.

C'est dans le couloir que j'ai pensé à Sarah. Je pouvais pas lui raconter que j'étais partie sans qu'on me le demande alors qu'il y avait personne en vue. Elle m'aurait traitée de pomme. C'est pour ça qu'en voyant l'escalier en pierre blanche monter en colimaçon, j'ai pas pu résister. Je me suis arrêtée au premier et je suis tombée sur une porte. Derrière, j'ai vu un couloir qui partait à gauche et à droite, avec des tentures et des tableaux aux murs. Il devait faire le tour de la maison et, tous les trois ou quatre mètres, il y avait un petit guéridon avec une lampe posée dessus. Au début, j'ai pas fait gaffe, mais au bout d'un moment, j'ai remarqué que c'était pas les lampes de chez tout le monde. Elles étaient sculptées en forme de nichons, de fesses ou de quéquette et c'est ce qui m'a donné l'idée de regarder les tableaux accrochés aux murs. C'était que des bonshommes et des bonnes femmes qui se grimpaient dessus, dans toutes les positions, à deux, trois ou des fois plus, et sûrement pas pour se faire la courte échelle. En face de chaque guéridon, il y avait une porte avec une pancarte et le nom d'une pute. Que des « mademoiselle ». Joséphine, Manon, Clotilde, Camille que j'avais vues en bas, et une autre qui s'appelait Agnès. Ça en faisait cinq rien que dans cette partie du couloir, mais comme il devait faire le tour de la Duduc, il y en avait sûrement le double. J'ai pas eu le temps de vérifier. Une porte s'est ouverte un peu plus loin, une nénette est sortie en riant comme une folle et un type lui courait après en l'appelant « son petit chat ». Je me suis planquée derrière une tenture, j'ai vu trop tard qu'elle descendait pas jusqu'au sol.

— Mathilde, petite garce, revenez ici que je vous trousse ! a chantonné le type, ce qui a eu pour effet de faire glousser la fille deux fois plus fort.

Ils sont passés devant moi sans voir mes godasses qui dépassaient. Comme j'avais la tête tournée du mauvais côté, j'ai d'abord vu la fille, de dos, cavaler toute nue avec un fouet à la main. Et puis, j'ai vu le bonhomme. Là, je me suis dit que j'étais pas pressée de devenir adulte. Il était nu, à part qu'il portait le déshabillé en dentelle jaune de la fille. À l'angle du couloir, il s'est arrêté, a mis ses bras en couronne au-dessus de la tête et a fait un tour sur lui-même en chantant comme la Castafiore. J'ai pas eu le temps de fermer les yeux et j'ai vu sa nouille toute molle qui tournait en même temps. Mais je crois que ce qui m'a fait le plus bizarre, c'est que j'ai reconnu un gars de La Chapelle-Meyniac. Je pouvais pas dire qui c'était, mais j'avais la preuve qu'il y avait pas que la mère Beuzier qui était cocue.

Sarah a rigolé comme une baleine quand je lui ai raconté et m'a fait promettre de l'emmener si je devais retourner là-bas. Je lui ai dit ce que je comptais faire à propos de la bande à Ridel et elle a tout de suite été d'accord. Et pas question que je la tienne hors du coup : si je devais venger ma mère, elle tenait à m'aider parce qu'elle non plus pouvait pas les encadrer.

Ce qui était sûr, c'est que la première à morfler allait être la Ridel. Elle avait l'air de rien avec son chignon, ses robes grises et ses binocles en fer. Elle était petite, parlait tout doucement, pas comme la Lapanolles ou la Beuzier qui auraient pu vendre du poisson à la criée, n'empêche que c'était elle la chef. Dès qu'elle pouvait balancer une saloperie, son œil clignotait. À l'atelier de couture de La Roque-Gageac où elle travaillait, on disait qu'elle surveillait tout le monde pour aller baver au chef. C'est P'tit Jacques qui avait raconté ça ; sa mère y travaillait et avait failli se faire virer à cause d'elle. Le seul truc où on pouvait la plaindre, c'est qu'elle était veuve. Sauf si son mari s'était pendu parce qu'il pouvait plus la supporter.

— On pourrait foutre le feu à sa maison, a proposé Sarah. Comme ça, elle ira habiter autre part !

Ça me plaisait bien d'imaginer sa bicoque partir en fumée, seulement, si on découvrait que c'était nous, ça risquait de drôlement barder.

— Ou alors, on balance des rats dans sa piaule ! Et des boules puantes, mon frère en a plein ses tiroirs !

Ça collait déjà plus avec ce que je voulais, mais c'était encore pas ça. Sarah m'a alors demandé de réfléchir à une image de la mère Ridel qui me ferait plaisir, et tout de suite, j'ai dit que je la verrais bien recouverte d'une bonne couche de merde. Elle m'a regardée en levant les sourcils, et je savais que quand elle faisait ça, c'est que l'idée lui plaisait et qu'elle était déjà en train d'y réfléchir.

C'est pas la partie bricolage qui a été la plus dure, ce serait plutôt le transport des bouses et du purin. Même si on choisissait les crottes les moins molles, il y en avait toujours une pour se casser en deux. Plusieurs fois on a failli dégueuler, mais ça nous faisait tellement marrer qu'on arrivait à se retenir. La mère Ridel, on savait que c'était une grippe-sou et que si on lui faisait croire qu'il y avait du pognon à se faire, elle hésiterait pas une seconde. Dans notre plan, il fallait l'attirer à la mare du Chat-Rouge. C'était là qu'on avait fabriqué notre piège, un gros trou plein de merde avec de la flotte par-dessus, caché sous un drap bien tendu et recouvert de terre et de branchages. On pouvait rien voir, même si on savait où c'était. Il y en avait des kilos, là-dessous, une infection. C'est pas de fabriquer le piège qui nous a pris du temps, mais de pousser la mère Ridel à venir jusque-là. On a réfléchi et on a trouvé l'idée : chaque jour, on allait déposer un mot dans une boîte aux lettres du village, avec écrit l'endroit où se trouvait un trésor.

Le mercredi, Mme Gérard a eu droit à une théière en argent, dénichée par Sarah dans le fourbi de son père, qu'on avait planquée dans une souche d'arbre. Le jeudi, Phlegmon a trouvé une montre sous une pierre à côté de l'église. Elle avait appartenu à mon père, mais comme il était plus là, il risquait pas de nous dénoncer. On avait choisi Mme Gérard et Phlegmon parce qu'on était sûres qu'ils allaient le raconter à tout le monde. Et le vendredi, on a eu un éclair de génie : comme on voulait que les trésors soient de plus en plus gros, mais qu'on pouvait pas non plus enrichir tout le village, on a mis notre argent de poche en commun et on a fait croire que Sarah avait reçu la troisième lettre. Elle l'a montrée à tous ceux qu'elle croisait, si bien qu'on s'est retrouvés une bonne vingtaine devant la fontaine de l'épicerie à Néné. C'est derrière la pancarte qui disait que l'eau était potable qu'on avait caché une enveloppe. Sarah a fait durer le suspense et en a sorti trois billets de dix francs. Les autres étaient sciés que ça tombe sur elle ! Rico a dit que c'était sûrement un vieux qui s'amusait à léguer sa fortune avant de clamser, Françoise qu'elle aimerait bien une bague, et la Jument que son vélo était naze et qu'il lui en fallait un autre.

On en a parlé toute la journée, et pas seulement à l'école. À la fin de la journée, c'était pas trente francs que Sarah avait trouvés, mais cinq cents ! En ville, quelqu'un a même parlé de diamants, même que son père allait se faire construire une grosse baraque et se présenter à la mairie aux prochaines élections. Je sais pas d'où c'est sorti, mais ça m'a fait repenser à la rumeur qui disait que j'étais pas la fille de mon père.

Fallait vraiment être tordu pour inventer des trucs pareils, mais le pire, c'est que des cons y croyaient et se gênaient pas pour le répéter. Sarah et moi, ça nous arrangeait pour notre coup, parce que la prochaine lettre, c'était pour la Ridel !

Le samedi, on avait classe que le matin. La Semoule a encore pas eu de bol et s'est fait punir par Lapanolles. Françoise a raconté qu'il avait rien compris à ce qui s'était passé, que ça concernait un échange d'images dont il faisait même pas la collection. Lapanolles, dès qu'elle savait pas qui avait déconné, elle lui tombait sur le râble. C'était sa tête de Turc et elle avait dit que vu le métier que faisait sa mère, fallait pas compter sur elle pour lui apporter de l'éducation. À part Sarah et moi, personne savait qu'il habitait à la Duduc, mais on sentait que le secret allait pas durer longtemps. Ça devait la défriser, la mère Lapanolles, que sa mère soit pute. C'est pour ça que sur ma liste, elle était en deuxième position.

La lettre, on a attendu que la Ridel soit partie faire ses courses pour la glisser sous sa porte. Après, on est allées à la mare du Chat-Rouge, on a vérifié notre piège et on a attendu dans notre planque, une cabane entre deux chênes qui nous permettait de voir sans être vues.

Elle s'est pointée vers cinq heures. On la voyait pas bien, au début, mais on a reconnu sa démarche de faux derche, cette façon d'avoir toujours l'air de se faufiler. Elle se retournait tout le temps pour être sûre que personne allait la voir mettre la main sur le pactole. On a plus fait de bruit et on l'a laissée approcher. Elle a mis la main à sa poche, en a sorti la lettre qui disait où était le trésor, et s'est avancée droit vers nous, en cherchant du regard l'arbre qu'on avait indiqué. C'était futé, comme ça, elle regardait pas par terre. Quand elle est arrivée à deux mètres du piège, elle a même pas senti que ça schlinguait. Faut dire qu'avec l'eau qui recouvrait les bouses et le purin, ça fouettait pas trop. Quand elle a vu le ruban qu'on avait accroché dans l'arbre, elle a grogné comme un chien avec son os. Elle a encore regardé derrière pour être bien sûre qu'elle était seule et elle a fait le pas de trop. C'était comme dans un dessin animé : elle a senti qu'il y avait plus de chemin sous ses pieds, elle a brassé l'air pour se retenir, mais elle pouvait pas faire autrement que de partir en avant dans un grand plouf de caca. Remplie de merde, la Ridel, plein le chignon, plein les pompes et plein les poches pour en ramener chez elle si elle voulait. Quand elle s'est relevée et qu'elle s'est rendu compte dans quoi elle était tombée, elle a dégueulé illico. Elle a foncé dans la mare pour se débarrasser du caca, mais ça collait. Nous, on avait jamais entendu quelqu'un gueuler autant ! Pire qu'un cochon qu'on égorge. On savait d'ailleurs pas qu'elle connaissait autant de gros mots ! « Saligauds, merdeux, putain de mômes », comme si elle savait déjà que c'était nous. Et aussi « charognes, raclures, bamboulas », on a même cru entendre « tête-de-bite ! » C'était comme si elle pouvait plus s'arrêter, tout ce qu'elle avait pas le droit de dire à l'église ressortait. Après, elle a braillé que ça se passerait pas comme ça et qu'elle allait prévenir les flics. Elle promettait de trouver les petits cons qui avaient fait ça et de revenir les noyer dans leur merde. Avec Sarah, on avait mal au ventre à force de rire, on pleurait tellement qu'on voyait flou. Mais elle nous entendait pas, trop occupée à gueuler et à se nettoyer comme elle pouvait. Ça a duré dix bonnes minutes, à repasser en boucle toutes les insultes, à se frotter comme une furieuse. À la fin, elle avait plus de voix, plus de robe, et ses cheveux étaient tout démêlés. Elle ressemblait à une vieille clodo. Quand elle est sortie de la mare, elle avait perdu une chaussure. Elle est rentrée comme ça, sans se soucier si on allait la voir ou pas. J'ai failli avoir pitié, et puis je me suis rappelé la lettre de ma mère, et aussi la fois où elle m'avait dit que j'étais juive. Je me suis souvenue de son petit air de fouine et de son regard qui voulait dire « Dégage de là, t'es pas comme nous ». Elle avait ce qu'elle méritait.

Quand on l'a plus vue et plus entendue, on est sorties de notre cabane et on a foutu plein de terre et de branchages dans le trou à merde pour que personne d'autre tombe dedans. Après, on a décroché le ruban dans l'arbre et on est rentrées en faisant un grand détour. On s'est encore marré en repensant au plouf et à la Ridel qui hurlait. C'était peut-être méchant, mais c'était mieux que d'avoir foutu le feu à sa baraque !

C'est Sarah, la première, qui a vu que ça s'agitait au village. Il y avait une bonne quinzaine de personnes au milieu de la rue, sans compter les mômes, et ça parlait assez fort pour qu'on entende de loin.

— C'est honteux, ce qui lui est arrivé ! Si certains trouvent ça drôle, moi, je trouve ça méprisable.

On a ralenti, mais on pouvait pas faire autrement que d'avancer, sinon, ça aurait eu l'air louche. On a reconnu la mère Beuzier, la Blanchot et la Lesallé, il y avait aussi Phlegmon, Lanfrancki et d'autres que je connaissais, mais dont les noms me venaient pas.

— Ça n'a rien d'une farce, c'est un attentat !

Tout le monde savait ce qu'on avait fait et allait nous tomber dessus. On commençait à pâlir quand Bonbonne est venu vers nous.

— Y a un tas de merde qui lui a pété à la gueule ! Paraît qu'elle est furax et qu'elle veut se venger.

Ça, on savait, mais ce qu'on comprenait pas, c'est comment elle avait déjà mis tout le monde au courant.

— Va falloir se tenir à carreau à l'école, parce que le premier qui fait une connerie, il y a droit !

Là, on a encore moins compris. L'école et Ridel, ça faisait deux. Sarah a eu la présence d'esprit de demander ce qui s'était passé, parce que moi, je me voyais déjà embarquée par les flics, direction Sing-Sing !

— Elle a trouvé un cadeau devant sa porte, elle l'a ouvert, et pan, de la merde en pleine gueule !

— Comment ça, un cadeau et pan en pleine gueule ?

— Moi, j'ai pas vu, mais ma mère a dit que c'était une boîte magique, avec un ressort à l'intérieur, que quand on l'ouvre, ça fait sauter un diable ou un dragon. Sauf que là, c'était des merdes de chien !

— Et elles ont sauté à la gueule de qui, les merdes ?

— À Lapanolles ! Vous êtes bouchées à l'émeri, ou quoi ? Elle a gueulé comme une dingo, on aurait dit un âne en train de braire !

Donc, personne savait encore ce qui était arrivé à la Ridel. Mais vu le tintouin que ça faisait pour des merdes de chien, ça risquait de drôlement barder quand les gens apprendraient pour notre baignoire à purin.

La boîte magique, je savais qui l'avait déposée devant la porte de Lapanolles. Je me souvenais de la peau de tambour qui avait claqué au visage de la Semoule, sauf que cette fois-là, à la Duduc, il y avait rien dessus. J'imaginais ce que ça avait donné avec des merdes de chien, mais ce qui était le plus marrant, c'est qu'on avait eu presque la même idée de vengeance. Il avait pas mis longtemps à se venger des vacheries qu'elle disait sur lui, et une chose était sûre, j'allais pas le dénoncer.

Le vieux Lanfrancki

Les jours qui ont suivi se sont pas du tout passés comme prévu. En tout cas en ce qui concerne Sarah et moi. On s'attendait à voir Ridel et Lapanolles débarquer dans nos maisons, poser des questions, fouiller les chambres ou nous faire écrire des lignes pour comparer avec les lettres qu'on avait envoyées, rien du tout. La seule chose de vrai, c'est que la mère Lapanolles décolérait pas et que c'était même pas la peine de lui dire bonjour parce qu'elle envoyait chier tout le monde. Quant à la Ridel, personne en a entendu parler de tout le week-end. Au début, on a trouvé ça bizarre, et puis on s'est dit qu'elle devait avoir trop honte pour raconter ce qui lui était arrivé.

Ce qui a été encore plus bizarre, c'est le dimanche matin, au marché : on aurait dit qu'il s'était rien passé la veille. Ridel et Lapanolles sont arrivées à neuf heures, elles ont fait leurs courses chez les mêmes vendeurs, et même quand Mme Ludwig s'est pointée avec trois de ses filles, il y a pas eu un mot plus haut que l'autre. Quelqu'un qui aurait pas été d'ici aurait dit que tout allait bien. Mais c'était le calme avant la tempête, et la tempête, on l'a sentie se lever juste après la messe.

À la sortie de l'église, ça s'agitait comme dans un poulailler. La bande des rombières allait et venait et personne avait l'air décidé à rentrer au bercail. Avec Sarah et Jacqueline Roma, on regardait de loin, sans entendre ce qui se disait. On était sûres que d'une chose, c'est qu'elles préparaient un coup. Comme sa mère faisait partie du lot, Jacqueline s'est approchée l'air de rien. En moins de deux, elle a compris que la cible, c'était Mme Ludwig, les putes et la Duduc. Il y en avait une qui était remontée comme un coucou, c'était la mère Peyrac, parce que son mari y avait fait un tour la veille et était rentré rond comme une queue de pelle. Ça me faisait bien plaisir, parce que son fils, c'était Adrien, le merdeux qui m'avait dit, la fois où on s'était battus au lieu de jouer au baseball, que ça devait faire bizarre d'avoir son père qui va aux putes. Bien fait pour sa tronche !

Jacqueline est revenue nous raconter ce qu'elle avait entendu, mais elle aurait dû rester plus longtemps parce que la réunion a encore duré. Mais elle s'en foutait de ces histoires. Ce qu'elle aimait, c'était les potins de l'école, savoir si Rico avait vraiment roulé une galoche à Fabienne ou si Jules avait sorti sa quéquette au fond de la classe pour faire marrer Françoise.

L'après-midi, j'ai aidé Jimino à remettre de l'ordre dans le jardin. Depuis que papa s'en occupait plus, il y avait plein de mauvaises herbes, les roses étaient pas coupées et les arbustes manquaient d'eau. Je me suis coltiné des tonnes de flotte, j'avais mal au dos et aux épaules, mais j'ai rien dit parce que j'aimais pas voir le jardin tout moche. Il y avait aussi des haricots et des tomates à cueillir, assez pour faire bouffer tout le quartier. Au moins, avec Jimino, non seulement il gueulait pas, mais on pouvait faire des pauses. C'était même lui qui les faisait, surtout quand il avait envie de causer. Seulement, je m'attendais pas à ce qu'il s'arrête pour me parler de ma mère. Il s'est approché de moi, s'est appuyé sur sa bêche et a attendu que je relève la tête. Quand il a vu que j'étais prête à écouter, il a commencé.

— C'est de ma faute si tu n'es pas venue me parler, et celle de ta grand-mère. Ton père, on le met à part, ça ne lui est jamais venu à l'esprit.

J'avais de la sueur plein les yeux et je voyais pas de quoi il voulait parler. J'espérais juste que c'était pas du piège à caca de la mère Ridel parce que c'était sûr que j'allais me faire engueuler.

— J'aurais préféré que ce soit quelqu'un de la famille qui t'apprenne que tu es juive. Ça m'embête d'autant plus que c'est venu de Mme Ridel et que, la connaissant, ce n'était pas pour te faire plaisir.

— Elle aime pas les juifs, cette vieille peau !

— Non. Elle n'aime pas les étrangers, elle n'aime pas les enfants et je ne suis pas sûr qu'elle aime les gens en général. Mais c'est son problème. Toujours est-il que toi, tu es juive et qu'on ne t'a jamais expliqué pourquoi.

— Ma mère l'était, j'ai répondu du tac au tac.

Jimino a acquiescé dans le vide et j'ai vu que ça aussi, ça le rendait triste que je le sache déjà.

— Effectivement, ta mère l'était. C'est pas qu'elle le criait sur les toits, mais les gens le savaient. Tu sais ce que c'est être juif?

— J'ai demandé à M. Lioret et à Sarah et j'ai un peu cherché dans des bouquins. Ce que je sais pas, c'est pourquoi on me l'a jamais dit.

— On n'a pas eu le courage.

— C'est pire que la tuberculose?

— Non, mais une question en entraînant une autre, il aurait fallu tout te dire.

Là, j'ai senti qu'on était partis pour ouvrir le grand livre de la vie.

— Et c'est quoi, le reste qu'il aurait fallu me dire?

Il s'est gratté la nuque, a bougé son chapeau d'avant en arrière comme s'il savait pas comment le mettre, s'est encore gratté la joue, et puis il a lâché le morceau:

— Personne ne sait où est ta mère.

J'allais répondre qu'elle était dans un cimetière quelque part dans l'Est, mais c'est pas sorti. Au lieu de ça, mon ventre s'est vidé de l'intérieur, j'ai eu froid comme si c'était l'hiver à Gavarnie et les yeux qui piquaient.

— Ça veut dire qu'elle est pas morte?

— J'en sais rien.

Je sais pas combien de temps j'ai attendu avant de reparler. J'arrivais pas à réfléchir à l'endroit. Au fond de mon crâne, ma mémoire essayait de fabriquer une image de ma mère, mais c'était comme avec un nom sur le bout de la langue qui vient pas.

— Ce n'est pas tout ce que tu dois savoir, a ajouté Jimino.

Au point où j'en étais, il pouvait me dire qu'elle était devenue reine d'Angleterre ou qu'elle allait faire le tour de la Lune en Spoutnik, ça m'aurait pas surprise.

— Quelqu'un dit l'avoir vue ici.

J'avais bientôt onze ans et ça m'était encore jamais arrivé, du coup, c'était le bon moment pour tomber dans les pommes. J'ai juste senti qu'il y avait plus rien en dessous de moi, et quand je me suis réveillée, j'avais de la terre dans la bouche et je pouvais pas ouvrir mon œil droit.

— Ne bouge pas, ça risque de pétiller un peu.

Pétiller, pour Jimino, ça voulait dire brûler comme si on mettait la main dans le feu. J'ai ouvert l'œil qui faisait pas mal et j'ai vu qu'on était dans le salon. Mon coude saignait, mais c'est à la tempe qu'il s'apprêtait à me coller son coton plein d'alcool à deux mille degrés. J'ai gueulé comme un cochon sans trop pouvoir bouger parce qu'il avait posé sa grosse patte sur moi. En même temps, je me suis rappelé ce qui s'était passé, pourquoi je m'étais évanouie, et j'ai plus eu mal. Ou du moins, j'ai plus pensé à la douleur.

Ma mère à La Chapelle-Meyniac ! Dans ma tête, comme ça faisait des années qu'elle était morte, c'était un fantôme qui revenait. J'ai ouvert les yeux d'un coup en faisant le rapprochement avec l'espion derrière la maison, mais je les ai vite refermés parce que ça m'a fait un mal de chien. Pourtant, ça collait.

— Ça va mieux ? m'a demandé Jimino.

J'ai fait oui de la tête en rouvrant doucement mon œil gauche. Il était en train de s'occuper de mon coude, mais cette fois, juste avec de l'eau et du savon pour laver le sang.

— J'aurais pas dû te dire ça dans le jardin, on dirait.

J'ai pas souri et lui non plus.

— Qui a vu ma mère ?

— Le vieux Lanfrancki. Il en a parlé à Néné, qui me l'a rapporté, mais il n'est pas sûr. Il a juste dit qu'il avait vu une femme qui n'était pas d'ici et qui ressemblait à Elsa.

Le vieux Lanfrancki, c'était le vieux con à côté de l'école qui crevait les ballons qui tombaient dans son jardin. Il se promenait dans les rues à n'importe quelle heure, disait rarement bonjour et avait toujours l'air de râler. En plus, c'était un picolo et c'était déjà arrivé qu'il invente des trucs. Cela dit, ce soir-là, il pouvait aussi avoir eu toute sa tête. J'avais envie d'aller dehors et de la chercher partout, de frapper à toutes les portes, mais quelque chose me retenait. Je savais pas à quoi elle pouvait ressembler, je savais pas si j'allais la reconnaître, et surtout, j'avais aucune idée de ce que j'allais pouvoir lui dire. Et moi, en huit ans, j'étais devenue une grande tige aux cheveux filasse, aux yeux trop grands et à la démarche de canard. Pour mettre toutes les chances de mon côté, j'avais un œil gonflé qui allait virer au vert, une grosse écorchure au coude et encore des cicatrices aux genoux. Avec ça, je pouvais comprendre qu'elle fasse exprès de pas me reconnaître. Qui pouvait vouloir d'une môme comme moi ? Mon père avait pas réfléchi trois secondes avant de se barrer. En clair, j'avais la trouille.

— Le mieux, si on veut faire les choses dans l'ordre, c'est d'aller voir le père Lanfrancki.

Jimino avait raison, mais ça me rassurait pas. J'étais pas préparée à revoir ma mère, tout ça allait trop vite.

Le vieux Lanfrancki vivait seul dans sa maison. On pouvait pas le voir quand on était dans la cour, à cause du grand mur qui la séparait de son jardin. La seule chose qu'on entendait, c'était les coups de couteau dans les ballons qu'il nous renvoyait crevés et les jurons qu'il marmonnait dans sa barbe. C'est Jimino qui a toqué à sa porte. J'ai pas eu le temps de me dire que je pouvais encore partir qu'elle s'est ouverte comme s'il avait été derrière à nous attendre.

— Salut, Paul. On ne veut pas te déranger longtemps, mais...

Il a pas eu le temps de finir sa phrase que Lanfrancki a ouvert sa porte en grand pour nous laisser le passage. Il a dit qu'il savait pourquoi on était là. Quand on est passés devant lui, il m'a pas quittée des yeux.

C'était pas du tout sale comme j'imaginais, chez lui. C'était même bien rangé, le salon était petit, juste une petite table et une chaise pour manger, sinon, toute la place était prise par son atelier. Le vieux Lanfrancki peignait des tableaux, sculptait et faisait des collages sur des grandes feuilles. C'était plein de couleurs, de gens qui dansaient, de femmes avec leurs gosses, ça collait pas du tout avec l'idée que je me faisais de lui. Dans le jardin, j'ai vu deux fouines qui jouaient à se mettre une peignée avant de se carapater dans un trou. Ça non plus, ça collait pas. Pour moi, le vieux Lanfrancki étranglait les chats et tirait au lance-pierres sur les piafs. La seule chose où je me trompais pas, c'est que quand il parlait, on avait toujours l'impression de se faire engueuler.

— Tu es venue pour savoir si c'est bien ta mère que j'ai vue ? il m'a fait en plantant ses yeux dans les miens.

J'ai hoché la tête sans rien pouvoir articuler.

— Je ne suis pas sûr que c'était elle, mais elle lui ressemblait. Tu te souviens de son visage ?

J'ai pas eu le temps de faire non, il a compris.

— Tu étais trop petite, forcément. C'était une belle femme, avec les mêmes cheveux que les tiens. Si c'est bien elle que j'ai croisée, elle n'a pas beaucoup changé. Je ne suis pas très doué pour décrire les gens, j'en ressors une impression plus juste quand je les peins.

— Tu peux nous dire où tu l'aurais vue ? a demandé Jimino.

— À l'angle des écuries Lambert, il devait être onze heures. Il faisait sombre et on s'est croisés trop vite pour que je sois sûr.

— Vous vous souvenez si elle portait une cape ?

Jimino a paru surpris que je pose cette question, mais il a rien dit parce que le vieux Lanfrancki était déjà en train d'y réfléchir.

— Effectivement, elle devait en porter une. Avec la capuche relevée parce que je ne me souviens pas avoir vu ses cheveux. Blonde comme était ta mère, même dans la nuit, je les aurais vus.

— Ça peut aussi signifier que cette femme n'était pas blonde, a dit Jimino.

Ils m'ont regardée pour voir comment je prenais ça, mais je devais avoir l'air costaud parce qu'ils ont continué à discuter normalement.

— Ce dont je suis sûr, c'est que j'ai déjà vu cette femme, que ça ne date pas d'hier et qu'elle n'habite pas le village.

— C'était peut-être une pute de la Duduc ? j'ai fait.

Il savait pas qu'on appelait le claque la Duduc, mais les putes, il connaissait ! Et par leur prénom, encore ! Seulement, il était formel, aucune ressemblait à ma mère. Ou du moins à la femme qu'il avait prise pour ma mère. Il a bien insisté sur le fait qu'elles étaient toutes beaucoup plus jeunes et ça m'a fait bizarre, vu qu'il avait plus de soixante-dix ans et que je l'imaginais mal en train de bécoter des nénettes qui en avaient cinquante de moins.

— Il n'y a que moi qui l'ai vue, ici ?

— Pour l'instant, tu es le seul à en avoir parlé.

C'était curieux de les entendre. Je savais même pas qu'ils se connaissaient au point de se dire autre chose que bonjour bonsoir. Lanfrancki crevait peut-être nos ballons, mais c'était pas la pire peau de vache.

— Vous l'avez bien connue, ma mère ?

— Ni plus ni moins que les autres. Mais j'ai suivi de près ce qu'on lui a fait subir. En 53, je tenais une brocante, sur la place de la mairie. J'y servais le thé et le café, si bien qu'elle a servi de Q.G. aux cinq harpies qui ont fait fuir ta mère. Elles ont passé des heures à déblatérer contre elle. Au début, ça n'est pas sorti de leur petite coterie, mais il a fallu qu'elles répandent leur fiel. Ça devenait une question d'honneur d'avoir sa peau. J'ai fini par leur interdire l'entrée de ma brocante, mais ça n'a servi à rien, elles ont convaincu assez de crétins pour jeter l'opprobre sur ta maman.

Il parlait avec des mots que j'avais jamais entendus, mais dans l'ensemble, je comprenais.

— Vous avez dit qu'elles étaient cinq. Lesallé, Ridel, Blanchot, une qui s'appelait Bertin mais qui est morte, et l'autre, c'était qui ?

Du coin de mon œil qui faisait pas mal, j'ai vu Jimino froncer les sourcils. Il savait pas comment j'avais appris tout ça.

— La cinquième, c'est la mère la Vertu. Elle aurait bien voulu qu'on la prenne pour une sainte, seulement, quinze ans plus tôt, elle s'était fait engrosser par un type qui n'avait pas passé plus de deux nuits dans son lit. Elle en a fait baver à sa fille autant qu'à ta mère et les deux ont foutu le camp. Tu la vois tous les jours à l'école.

La liste était complète. Lesallé, Ridel, Blanchot et Lapanolles. Deux qui avaient bouffé de la merde, deux qui perdaient rien pour attendre. Ça me faisait mal de penser à ce qu'elles avaient fait à ma mère, mais depuis que Jimino m'avait dit que quelqu'un l'avait vue au village, j'avais comme un feu dans le bide qui me donnait toute la force du monde. On a encore un peu parlé du passé, mais il y a rien eu de nouveau. C'est au moment où on allait partir que Lanfrancki a posé une question qui devait tout changer.

— Tu pourrais m'apporter une photo de ta maman ? Comme ça, je pourrais te dire si c'est bien elle que j'ai vue.

Je sais pas si c'est Jimino ou moi qui ai eu l'air le plus emmerdé. Des photos de ma mère, j'en avais jamais vu. Des cheveux blonds et le teint pâle, c'est tout ce que je savais d'elle. Et qu'elle était juive, mais ça se voit pas sur un visage.

— Son père a tout brûlé quand elle est partie, a expliqué Jimino. Photos, vêtements, tout ce qui pouvait le rattacher à elle. On a sauvé quelques affaires, avec Martha, mais pas de photos.

Il m'a regardée en disant ça et j'ai compris qu'à partir de maintenant, il y aurait plus de secret sur ma mère.

— Dans ce cas, je vais tenter de t'aider, a fait Lanfrancki en allant chercher une toile vierge dans un coffre. Je vais peindre ta mère avec le souvenir que j'en ai. Ce ne seront peut-être pas les traits exacts, mais au moins, tu auras une impression.

Ça m'a fait chialer. D'abord parce que c'était la première fois qu'on faisait quelque chose de bien pour elle, ensuite parce que j'allais enfin la voir. Même en peinture, ça m'allait.

— Je ne peins pas très vite, mais je vais faire au mieux. Dès que j'aurai terminé, je viens te chercher à la sortie de l'école pour te montrer. Ça te va ?

J'ai fait oui de la tête en reniflant, il a posé sa main sur ma tête et Jimino lui a dit merci. Pourquoi il crevait nos ballons, Lanfrancki ? On s'est levés et on est partis, il y avait une bûche de plus dans le feu de mon bide.

L'hôtel La Culbute

Tout l'après-midi, Ridel et sa bande ont fabriqué des pancartes et des banderoles, avec marqué dessus tout ce qu'elles s'apprêtaient à gueuler. Il devait être huit heures du soir quand Sarah est venue me prévenir. J'ai pas eu à demander à Jimino la permission de sortir parce que lui aussi voulait voir de quoi il retournait. En voyant mon œil et mon coude amochés, Sarah m'a demandé ce qui m'était arrivé. J'ai dit que j'étais tombée, elle m'a pas crue, mais a fait comme si.

Dans la rue, elles étaient une trentaine à défiler. Ce qui m'a frappée, c'est leurs têtes à bouffer de l'avoine dans des gamelles en fer. Pas une pour sourire ou pour porter des couleurs. Ou alors de la couleur fadasse, qui se voit pas, comme des fleurs qui sentent rien. D'accord, elles avaient pas le cœur à rigoler, vu que pour la plupart, leurs maris les faisaient cocues, mais quand même. Les autres, celles qui avaient réussi à tenir leurs maris en laisse, c'est la morale qu'elles venaient défendre. C'est ce que j'ai compris en lisant leurs pancartes : « Nos familles sont sacrées », « La vertu pour nos enfants ! », « Le vice hors d'ici ! ».

En tête, il y avait Ridel et Lapanolles, le sourire mauvais. Il fallait s'y attendre, elles avaient pas fait dans la dentelle : « Les catins au bûcher » ou « La syphilis ne passera pas ». Sarah m'avait expliqué ce qu'était la syphilis, elle m'avait aussi parlé de la chaude-pisse, de la vérole et de la chtouille. Qu'est-ce que ça pouvait leur faire, à ces deux biques, qu'il y ait des putes au village, d'abord ? Ridel était veuve depuis des années et la mère Lapanolles avait eu qu'un bonhomme dans son lit, il y avait plus de vingt ans. Ben non, il fallait qu'elles se prennent pour les chefs. Il leur manquait plus qu'un cheval, un étendard et c'était parti comme Attila dans les livres d'histoire.

Les autres, je les connaissais moins, même si je les avais déjà croisées dans la rue ou à la sortie de l'école. Il y avait la mère Beuzier, forcément, la Peyrac, la Blanchot et la Lesallé, mais aussi la mère de la Jument et celle d'Hubert. Ça voulait dire que leurs maris étaient allés à la Duduc, mais du coup, je trouvais pas ça malin de s'afficher dans la manif. Ou alors, elles voulaient que tout le monde sache bien que c'étaient des moins que rien, qu'on les montre du doigt et que ça leur fasse une bonne leçon pour qu'ils recommencent plus. Derrière les bonnes femmes, les bonshommes suivaient le troupeau la queue basse. Le père de la Jument regardait par terre, et quand il levait les yeux, il avait l'air de s'excuser comme s'il avait égorgé cinquante mômes.

À force de gueuler, elles ont fini par rameuter presque tout le village. C'est pas qu'on était d'accord avec elles, mais on voulait savoir ce qu'elles manigançaient. Jimino a retrouvé Néné, la Globule, le Baron et Gambille, et moi, les copains de l'école, même ceux qui avaient pas encore leurs neuf ans comme Louison, Jules et Françoise. J'ai vu aussi Gratte-Couilles qui rigolait comme une baleine, et Martha avec deux copines. Elle m'a fait venir pour que je lui explique pourquoi j'avais un œil au beurre noir et le coude écorché, je lui ai menti comme à Sarah. Elle a dit que je ferais mieux d'aller me coucher, mais quand elle a vu Jimino, elle a levé les yeux au ciel. Les seuls que j'ai pas vus, c'est M. Lioret et Lanfrancki. J'aimais autant parce que je trouvais qu'un maître d'école avait pas à se fourrer dans des histoires de putes et de cocues, quant à Lanfrancki, il avait le tableau de ma mère à peindre.

On pensait que leur manif allait se cantonner au village, mais quand elles ont vu qu'il y avait autant de monde, les rombières ont dû se dire que c'était l'occasion ou jamais de pousser le bouchon plus loin. C'est comme ça qu'on s'est retrouvés sur la route de Sarlat, direction la Duduc. Ce qui commençait à me foutre la trouille, c'est que plus elles avançaient, plus elles se montaient le bourrichon. C'est tout juste si elles voulaient pas foutre le feu à la baraque et clouer Mme Ludwig sur une croix. C'est toujours comme ça quand on est plusieurs, on s'emballe, on sait plus ce qu'on dit et on fait des trucs qu'on regrette mais qu'on peut plus réparer. La foule, c'est la meute, des loups qui hurlent avec des loups et qui en deviennent dingos. Plus ça allait, plus j'avais les mâchoires serrées parce que j'avais l'impression de revivre ce que ma mère avait vécu. Sarah se marrait au début, mais quand elle a vu ma tête, elle s'est arrêtée. En me retournant, j'ai plus vu Jimino et ses copains et je me suis demandé si je faisais bien d'être là. Mais on arrivait et j'ai pas eu envie de rentrer sans savoir ce qui allait se passer.

Dans le parc de la Duduc, deux voitures étaient garées sous les arbres, dont la Buick rouge et blanc que j'avais vue une fois. Les cocues sont entrées, se sont resserrées autour de Ridel et Lapanolles, leurs pancartes levées bien haut, et ont commencé à brailler un nouveau slogan : « De la vertu, pas des putes, fermons l'Hôtel *La Culbute* ! » C'était pas du La Fontaine, mais ça rimait. Ce qui m'a fait bizarre, c'est que les maris se sont mis à suivre, et même d'autres qui, au départ, étaient juste là pour voir ce qui allait se passer. Ce qui fait qu'au bout d'un moment, ceux qui gueulaient étaient plus nombreux que ceux qui regardaient. C'est ça aussi qui fout la pétoche avec la meute, on se croit obligé de participer à la curée.

Il a pas fallu longtemps pour que ça s'agite à l'intérieur. Des rideaux se sont tirés, la porte d'entrée s'est ouverte sans que personne se montre, et puis plus rien pendant plusieurs minutes. On savait tous qu'il allait se passer quelque chose, quoi exactement, personne pouvait le dire. Finalement, Mme Ludwig est sortie, seule, a refermé derrière elle et est venue se planter devant le groupe des bonnes femmes. C'est là que j'ai compris qu'à la bagarre, c'est pas la force qui compte, mais la conviction qu'on y met. Elle a remonté une bretelle de sa robe rouge vif, puis a regardé les cocues une par une avant de leur adresser la parole :

— Mesdames, si c'est du boulot que vous venez chercher, je suis au regret de vous dire que je suis au complet.

Il y a eu un grand silence, comme si elles avaient perdu leur langue de vipère, mais ça a pas duré.

— Dites donc, la mère maquerelle, a répliqué la Beuzier, ça vous écorcherait d'avoir un peu de respect pour les mères de famille qu'on est ! Vous trouvez qu'on a l'air de filles de joie ?

— Ça non ! Avec vos serpillières autour des fesses, vos binocles et vos choucroutes sur la tête, de la joie, je suis bien sûre que vous n'en avez jamais donné à qui que ce soit, et sûrement pas à vos maris.

Ça a rigolé dans l'assistance, mais pas du tout chez les bonnes femmes. Certaines se sont retournées vers leurs maris pour qu'ils disent quelque chose, mais aucun a osé.

— On va vous le fermer, votre bobinard ! a dit alors Lapanolles. Vous irez infester d'autres campagnes, vous et vos shampouineuses !

— C'est ça, a beuglé une autre, allez ruiner d'autres familles, nos maris ne travaillent pas pour vous engraisser !

Mme Ludwig a regardé vers le ciel comme si elle s'en foutait complètement, puis leur a répondu, à mon avis juste pour les emmerder.

— Mesdames, vous vous trompez : mes filles respirent la santé et prennent grand soin des bourses de vos maris. Et je veille personnellement à ce que les plus assidus profitent régulièrement d'un tour gratuit.

— Espèce de vieille truie lubrique ! a braillé la mère d'Hubert en tremblant comme une possédée. Vous n'êtes qu'une débauchée, une perverse, une...

Elle a plus trouvé ses mots et son mari a été obligé de la sortir du parc pour la calmer. Elle a chialé tout ce qu'elle savait, avec des sanglots qui lui filaient le hoquet, on l'a vue un peu plus loin se pendre à son cou et lui rouler des galoches partout sur le visage en continuant à dire des trucs qu'on comprenait pas. Lui, il savait plus où se foutre.

— Vous voyez dans quel état vous laissez nos familles ! a dit la Blanchot avec son air mauvais. Vous allez déguerpir d'ici de gré ou de force, c'est moi qui vous le dis !

— Vous ne devriez pas me menacer, a répliqué Mme Ludwig en haussant le ton. Vous l'avez déjà fait au marché, je vous rappelle que j'ai porté plainte.

— Parce que vous croyez avoir la loi avec vous ? Vous n'êtes même pas française !

Ça a ricané chez les rombières, un peu chez ceux qui regardaient, moi, ça m'a fait comme une décharge. Qu'est-ce que ça venait faire qu'elle soit française ou pas ?

— On ne veut pas de gens comme vous, a embrayé la Ridel qui avait l'air d'attendre que ça. Ici, c'est la campagne française. Ça ne vous a pas suffi de tuer nos enfants pendant la guerre, il faut encore que vous reveniez dépraver nos hommes et souiller nos familles ! Retournez chez vous ou on va en faire un tas de cendres de votre maison de passe !

— Vous savez pas que c'est interdit, les claques ! a ajouté un mari que j'ai trouvé plutôt gonflé vu qu'il y était déjà allé.

— Au stalag, la Boche ! a alors couiné la mère Lesallé qu'on avait pas entendue jusqu'ici.

Je croyais que tout le monde allait penser qu'elle avait pris un coup de chaud, qu'on allait la rentrer et la coucher avec une bonne tisane, mais non, il y a eu des cons pour reprendre en chœur. Certains en avaient les yeux aussi brillants que s'ils avaient gagné à la loterie. D'autres riaient bêtement en se poussant du coude, il y en a aussi eu pour lever le poing. Je commençais à avoir les jetons qu'ils foncent sur Mme Ludwig, la piétinent et cassent tout à la Duduc, le mobilier, les tentures et les putes avec, mais Mme Ludwig a pas bougé d'un poil. Elle a croisé les bras sous ses gros nénés en attendant que ça leur passe et personne a osé avancer d'un centimètre. C'est pendant le silence qui a suivi que j'ai levé la tête et vu la Semoule derrière un rideau du dernier étage. Il devait se demander ce qui leur prenait, à ces trous du cul, de venir brailler un dimanche soir. J'ai aussi vu des mains sur ses épaules et j'ai compris que sa mère devait se tenir derrière, sûrement à se poser les mêmes questions.

— Pour votre information, a alors dit Mme Ludwig, je n'ai tué aucun enfant pendant la guerre. Et je ne suis pas allemande, mais polonaise. Quant à la loi française, que ça vous plaise ou non, elle ne fait pas de différence entre la couleur, la nationalité ou la religion. Maintenant, c'est votre droit de réclamer la fermeture de mon établissement, mais il y a des procédures pour ça. Faites les démarches nécessaires si vous avez du temps à perdre. En attendant, je vous préviens que la première qui met un pied chez moi sans y être autorisée verra les flics débarquer illico ! Vous avez une minute pour foutre le camp !

Elle avait parlé calmement, mais son regard avait envoyé des éclairs. On entendait à peine un murmure. Les cocues avaient pas dû imaginer une seconde qu'elles pouvaient se faire engueuler et leurs maris osaient même plus lever la tête. Ridel et Lapanolles ont alors compris qu'elles avaient perdu la bataille, elles ont échangé quelques mots et la Ridel a décidé qu'elles allaient faire comme Mme Ludwig avait dit, suivre la procédure et faire ce qu'il fallait pour que le claque ferme. Elle a aussi dit que jusqu'à ce qu'elles aient obtenu gain de cause, l'une d'entre elles allait faire le planton devant la Duduc, et ça, ça a pas eu l'air de faire marrer Mme Ludwig. Tout le monde est sorti du parc, les cocues en tête, sauf la mère Blanchot qui s'est collée d'office pour faire le guet et renvoyer les queutards chez eux. Avant de partir, j'ai regardé à la fenêtre de la Semoule, mais il y avait plus personne.

Au village, au lieu de se disperser, le cortège s'est dirigé droit vers la maison du maire. Lapanolles a frappé à sa porte et à ce moment, j'ai compris pourquoi Mme Ludwig avait dit aux cocues de suivre la procédure. J'ai compris aussi pourquoi elle avait pas l'air d'avoir peur qu'on lui ferme son établissement. Le maire, c'était le bonhomme qui courait après Mlle Mathilde dans les couloirs de la Duduc, la fois où j'étais allée faire traduire les lettres de ma mère.

Il a pris un air sérieux et a dit que lundi, à la première heure, il recevrait une délégation pour évoquer le problème. Et qu'il mettrait toute son énergie pour le régler. Je sais pas si c'est qu'il commençait à se faire tard ou qu'elles avaient pas le choix, mais elles ont eu l'air de le croire. Après, tout le monde est rentré chez soi. Avant de partir, Sarah a regardé mon œil qui avait encore changé de couleur et m'a dit que tôt ou tard je devrais lui raconter ce qui m'était arrivé. Comme quoi on pouvait pas lui raconter des craques !

À la maison, j'ai retrouvé Jimino qui rentrait de boire des pastagas chez Néné. Je lui ai raconté la virée à la Duduc, mais ça a pas eu l'air de l'intéresser. Il a juste dit qu'il avait jamais vu autant d'hypocrites à la fois.

Mme Atolick

Le lundi, juste après l'école, comme on était le 8 Mai, on a eu droit à un défilé. Les hommes en tête, certains en uniforme qui avaient fait la guerre, les autres en habit du dimanche. Devant, comme tous les ans, Bernon portait l'étendard. C'était le seul coiffeur à des kilomètres à la ronde et on avait une chance sur deux de ressortir de chez lui avec une tête de débile. À se demander s'il le faisait pas exprès. Le pire, ç'avait été Victor à qui il avait entaillé l'oreille avec sa tondeuse. Son truc, c'était plus les étendards que les ciseaux.

Cet après-midi-là, avec Sarah, on l'a passé à faire du vélo. C'est elle qui a eu l'idée quand je lui ai raconté que Lanfrancki avait peut-être vu ma mère. Au village, on connaissait tout le monde, et si c'est là qu'elle se cachait, on l'aurait su. On a quand même fait le tour plusieurs fois, mais ça a rien donné. Ensuite, ce qu'il y avait de plus près, c'était la Duduc, mais il y avait que Mme Ludwig, des putes et la mère de la Semoule. On a alors élargi la cible et on s'est fadé des kilomètres autour du village. On a rien trouvé, même pas une cabane dans la forêt. Comme on en avait plein les bottes, on est rentrées et Sarah m'a dit que c'était arrivé, pendant la guerre, que les curés cachent des gens. Surtout des juifs, d'ailleurs. On a été se planquer derrière chez le nôtre, de curé, pour voir si quelqu'un traînait derrière les rideaux, mais on a rien vu. C'est là que j'ai réfléchi et que je me suis dit que j'avais plus très envie de la chercher partout. Jusqu'ici, tout m'était arrivé par hasard, ma guérison miracle à Gavarnie, le départ de mon père, le fait d'apprendre que j'étais juive... Je me disais qu'il y avait pas de raison que ça change. Si je devais revoir ma mère, ça allait être pareil, par hasard. En même temps, si c'était bien elle que Lanfrancki avait vue, j'avais de plus en plus la trouille du moment où nos regards allaient se croiser. C'est pas que j'avais peur de la décevoir, mais s'il se passait rien ? Si on se voyait et « bonjour, je suis ta maman », et moi, « bonjour, madame, je suis votre fille », rien de plus ? J'en ai pas parlé à Sarah parce que je me disais qu'elle pouvait pas comprendre. Elle m'aurait peut-être même engueulée. J'ai tout gardé pour moi et ça m'a un peu gâché la fin de l'après-midi.

Pendant une bonne semaine, il s'est presque rien passé au village. Le maire a reçu les cocues, s'est déplacé à la Duduc pour voir ce qu'il pouvait faire, et puis plus rien. Elles ont d'abord dû penser que les choses allaient dans le bon sens, mais comme il y a encore eu des maris pour aller y faire un tour, elles ont commencé à douter. En plus, leur idée de surveiller l'entrée, c'était complètement con : il suffisait de passer par le bois, c'était ni vu ni connu. Du coup, elles ont arrêté.

Le 13 mai, Gary Cooper est mort. À Gavarnie, j'avais vu des films de lui, des westerns, mais surtout l'*Extravagant M. Deeds*, une comédie qui m'avait remonté le moral la première fois qu'on m'avait traitée de rebut. Beaucoup de bonnes femmes étaient amoureuses de lui, même s'il était américain et qu'elles avaient aucune chance de le croiser dans la rue. Je sais pas si sa mort a énervé celles de chez nous, n'empêche que le week-end, ça s'est remis à discuter sec dans le poulailler. À mon avis, elles avaient compris que le maire allait rien faire.

Le jeudi, comme j'étais seule à la maison parce que Jimino devait aider Néné à faire son inventaire, j'ai repris la lecture de *Jacques Vingtras* pour qui ça s'arrangeait pas. À midi, je suis allée manger avec Martha, et quand je suis arrivée dans son salon, j'ai vu la télévision. Elle m'a dit qu'elle savait pas encore si elle allait la garder, mais elle était curieuse de voir si ça changeait vraiment la vie. En tout cas, les jours où je saurais pas quoi faire, je pourrais venir voir des films.

Seulement j'ai vite senti que quelque chose clochait. C'était toujours comme ça avec Martha, elle savait pas cacher les trucs qui l'embêtaient. Elle faisait des tas de choses à la fois, posait des questions qui avaient aucun lien, et quand elle essayait de sourire pour donner le change, ça sonnait faux. J'ai demandé si c'était à cause de papa qui avait pas donné de nouvelles depuis trois semaines, mais non, tout allait bien, il fallait pas que je m'inquiète. Du coup, j'ai laissé tomber et j'ai regardé la télé, un reportage sur un type dont j'avais jamais entendu parler. C'était son procès, et pour se défendre, il disait qu'il avait fait qu'obéir aux ordres et donc que c'était pas sa faute. J'ai dit que si c'était vrai, c'est ceux qui lui avaient donné les ordres qu'il fallait juger, mais Martha m'a dit qu'ils étaient tous morts et que les crimes dont il était accusé remontaient à la guerre. J'ai compté dans ma tête que ça faisait au moins seize ans et je me suis demandé comment on pouvait en vouloir à quelqu'un après autant d'années. En plus, il avait vraiment pas l'air méchant, il aurait même pu jouer de la musique avec Jimino. Pourtant, à un moment, le gars de la télé a dit qu'il était fier d'avoir fait tuer plus de cinq millions de juifs et qu'ensuite, il s'était enfui en Argentine. Je l'ai regardé autrement derrière sa cage de verre. Il s'appelait Adolf, comme Hitler, mais lui, c'était Eichmann. J'avais du mal à comprendre, parce que son nom sonnait juif. Martha m'a répondu que des fois ça voulait rien dire. Et cinq millions de personnes, je voyais pas combien ça pouvait faire. Eichmann, lui, les avait comptés. Il avait organisé leur déportation dans les camps pour qu'ils se fassent gazer. Ça m'a fait penser à la famille de ma mère, mes tantes, mes cousins, mon grand-père, ma grand-mère maternels. Et là, peut-être pour dire qu'ils étaient pas tous morts, j'ai parlé d'elle.

— Le vieux Lanfrancki a vu ma mère au village.

Je sais pas qui a été la plus surprise des deux : Martha, que j'en parle comme si ça arrivait tous les jours, ou moi en la voyant pas plus intéressée que ça. Dans ma tête, ça s'est mis à carburer à toute vitesse.

J'ai mangé mes patates sans en sentir le goût et je lui ai posé la question :

— Toi aussi, tu l'as vue ?

— Je n'ai pas envie d'en parler.

— Alors, ça veut dire que tu l'as vue.

— Non, ça veut dire que je suis au courant de ce qu'il t'a dit et que je n'ai pas envie d'en parler.

— Pourquoi ?

— Parce que.

— Parce que quoi ?

— Parce que tout le monde a déjà beaucoup souffert avec cette histoire et que je n'ai pas envie que ça recommence.

— C'est pas moi qui souffrirais si elle revient.

— Tu en es sûre ?

J'ai plus eu faim, d'un coup, et j'ai vu qu'elle regrettait ce qu'elle venait de dire. Elle m'a regardée, a attendu de voir si j'allais me lever et rentrer chez moi ou bien me mettre à pleurer, mais je l'ai fixée jusqu'à ce qu'elle baisse les yeux. J'avais jamais fait ça avant. Elle a fait son sourire faux et a répété qu'elle ne voulait pas en parler pour l'instant. Ça changeait un peu de ce qu'elle avait dit, mais elle s'excusait pas pour autant.

— Tant pis. À la maison, j'en parle avec Jimino.

Pour avoir le dernier mot, elle a dit que je faisais ce que je voulais, mais j'ai bien senti qu'elle l'avait mal pris. J'avais pas envie de m'excuser. On a encore un peu regardé la télé, j'ai avalé mon flan à la vanille, un bout de chocolat, et puis j'ai dit que je devais aller voir Sarah. C'était faux, mais je nous voyais pas rester là tout l'après-midi à se regarder de travers. On s'est embrassées et je suis rentrée à la maison. J'y ai repensé en lisant dans ma chambre, mais au bout d'un moment, je me suis allongée et j'ai dormi. Quand Jimino m'a réveillée, il était sept heures passées. C'était de nouveau l'heure de manger, rien me faisait envie.

Les jours d'après, ça s'est gâté. Le vendredi, à l'école, il y a eu une bagarre à cause de cette casse-bonbons de Louison. Il faut toujours qu'elle la ramène ou qu'elle dise une saloperie. Là, c'est tombé sur la Semoule qu'elle a traité de fils de pute. On s'est demandé si elle l'avait vu à la Duduc ou si c'était Lapanolles qui avait fini par cracher le morceau. N'empêche que le môme s'est pas laissé faire, même avec Louison qui est plus coriace que la plupart des grands. Pendant un moment, elle était sur lui à le patater dans tous les sens et j'avais envie de les séparer. Je sais pas comment il s'est débrouillé, il a réussi à la renverser et c'est lui qui l'a avoinée. Il était rouge comme une tomate, il bavait et lui gueulait de retirer ce qu'elle avait dit. Ça lui pleuvait tellement sur la tronche, à Louison, qu'elle pouvait pas en placer une. Finalement, Quat'z-yeux, une dame de service avec des binocles et de la moustache, est arrivée et les a relevés. Ils avaient des gnons partout, de la terre dans les cheveux et les vêtements déchirés. Elle les a attrapés par la tignasse et les a conduits illico chez Lapanolles.

On avait pas fini de l'emmerder, la Semoule, mais là, c'était mon tour. Une bonne femme s'est pointée à la maison après l'école, le genre qui a le front bas et qu'on a envie de croiser ni à un enterrement ni à un mariage.

— Madame Atolick, elle a dit en montrant une carte à Jimino. L'Assistance publique m'envoie pour enquêter sur Mlle Hannah Saumur. C'est bien ici ?

Elle le savait que c'était ici, c'était marqué sur la boîte aux lettres ! Et cette façon de m'appeler mademoiselle alors que j'allais avoir onze ans, non seulement ça faisait faux cul, mais ça sentait pas bon. L'Assistance publique, c'était un endroit où on foutait les orphelins en attendant qu'une famille vienne en choisir un qui leur plaisait. Seulement moi, j'étais pas orpheline. Mon père s'était enfui pour éviter d'aller en Algérie et ma mère était peut-être tout près d'ici.

— Qui est-ce qui vous envoie ? a demandé Jimino.

— L'Assistance publique, je vous l'ai dit.

— J'ai entendu. Ce que je veux savoir, c'est qui leur a demandé de venir foutre leur nez ici ?

— Je n'ai pas à répondre à cette question. Le fait est que je suis ici pour enquêter sur les conditions d'existence de Mlle Hannah Saumur et je vous conseille de coopérer, dans son intérêt et dans le vôtre.

— Vous êtes sûre que vous êtes de l'Assistance publique et pas de la Gestapo ?

Elle a pas apprécié. Elle a dit que ce serait consigné dans son rapport et qu'elle reviendrait plus vite qu'on pense, mais pas seule. Jimino s'est fendu d'une excuse et lui a dit d'entrer, mais il voyait toujours pas pourquoi l'Assistance publique s'intéressait à mon cas.

— C'est l'enfant en question ? elle a demandé en me regardant.

— Je m'appelle Hannah. Avec deux H parce que je suis juive.

Je sais pas trop pourquoi j'ai dit ça, peut-être parce qu'une fois que c'était dit, il y avait plus à y revenir. Elle est entrée dans le salon et a jeté des regards dans tous les coins. Ensuite, elle est allée à la fenêtre et a vu le jardin. Elle devait pas en voir souvent parce qu'elle a tout regardé en détail.

— Les parents ne vivent pas ici, c'est bien ça ?

— Son père est en déplacement, a menti Jimino. Il était là il y a encore deux semaines.

— D'après ma fiche, il aurait dû être incorporé le 30 avril. Il ne s'est pas présenté à la caserne, ce qui fait de lui un déserteur. Vous confirmez ?

Jimino a rien dit. J'ai bien vu que ça le démangeait de la virer à coups de pompe dans le train, mais il pouvait pas faire ça sans que ça me retombe dessus.

— Mme Saumur, la...

— Elle vit à l'autre bout du village. On est séparés depuis dix ans, ça doit figurer sur vos fiches, non ?

— Je parlais de la maman de la petite.

Jimino a froncé les sourcils en attendant le coup bas.

— Mme Saumur n'a pas donné signe de vie depuis plusieurs années, est-ce exact ?

— Depuis huit ans, j'ai fait avant qu'elle compte sur ses doigts.

— Vous savez où elle se trouve ? elle a demandé sans me regarder. Elle donne des nouvelles, fête les anniversaires de l'enfant, envoie des lettres, des cadeaux ?

Je lui aurais craché à la gueule. C'était pas des questions qu'elle posait, elle accusait ma mère de pas être une bonne maman. J'aurais voulu lui dire que j'en avais plein mon armoire, des cadeaux, et que ses lettres, je les lisais plus tellement j'en recevais. Mais elle aurait voulu les voir et j'aurais rien pu montrer à part les trois que je gardais précieusement. En plus, cette connasse savait parfaitement que ma mère était partie depuis huit ans, c'était pour la forme qu'elle posait ses questions, ou pour faire mal.

Elle a passé presque une heure à visiter la maison, à poser des questions sur ce que je mangeais, qui préparait les repas, à quelle heure je me levais, à quelle heure je me couchais, ou si j'étais souvent malade. Elle a aussi demandé pourquoi Jimino vivait plus avec Martha, si j'étais une gêne pour lui, ce qu'il faisait de moi quand il allait vendre ses fleurs ou quand il sortait avec ses amis tard dans la nuit. C'était pas dur de comprendre que la bande à Ridel était derrière tout ça. On aurait jamais de preuves, mais c'était signé. Il a tout bien répondu, sans s'énerver, en baratinant que la fois où on avait dîné chez la Globule, je dormais chez Martha. Elle a noté des trucs sur sa fiche et puis elle a encore regardé le salon et la cuisine.

— Est-ce que la petite a de la famille en ville ou aux alentours ?

— Mon neveu et sa femme habitent Gourdon.

— Ils ont des enfants ?

— Deux. Un peu plus jeunes qu'Hannah.

Il aurait pu préciser deux fêlés. Je les avais vus trois fois dans ma vie et ils s'arrangeaient pas avec le temps. Faut dire qu'avec les parents qu'ils avaient, ça pouvait pas être des lumières. La dernière fois qu'on était allés chez eux, ça s'était terminé à l'hôpital. Ces corniauds avaient mélangé des produits dans le garage de leur père, les avaient reniflés à pleins poumons et étaient revenus dans le salon pour tomber dans les pommes. La mère avait hurlé qu'on venait d'assassiner ses mômes pendant que le père, au lieu d'appeler les pompiers, cherchait dans l'annuaire le numéro d'un docteur qui travaillait le dimanche. À l'hosto, on les avait fait dégueuler et gardés trois jours en observation. En rentrant à la maison, les parents avaient rien trouvé de mieux que de leur acheter à chacun la boîte du parfait chimiste pour qu'ils apprennent à plus mélanger n'importe quoi. Moi, je leur aurais foutu une bonne danse, ça leur aurait passé l'envie de faire des conneries dans le garage. Toujours est-il que mes cousins de Gourdon, j'avais aucune envie de les revoir, mais si elle en parlait, c'est qu'elle avait une idée derrière la tête.

— Le dossier va passer devant une commission. Je fais ce métier depuis assez longtemps pour vous conseiller de contacter dès maintenant ces cousins. À mon avis, ils vont dire qu'elle ne peut plus vivre ici.

— Comment ça, elle ne peut plus vivre ici ! Elle a déjà passé trois ans au sana alors qu'elle était pas tubarde, vous voulez qu'elle refasse ses valises pour vos raisons à la con ? Vous lui avez demandé si elle était heureuse ? Vous lui avez demandé où elle avait envie de vivre ? Pas une fois, vous savez tout à sa place !

— Je vous donne juste mon avis. Faites comme vous voulez, mais ne venez pas vous plaindre qu'on ne vous a pas prévenu.

— Vous savez où vous pouvez vous le foutre, votre avis ? Hannah restera ici, que ça vous plaise ou non, et je vous conseille de ne pas repointer vos fesses ici parce que je pourrais bien vous ramener d'où vous venez à coups de latte ! Est-ce que je me suis bien fait comprendre ?

— Parfaitement, monsieur Saumur. Ces dernières remarques feront le plus bel effet dans mon rapport.

Jimino a claqué la porte et j'ai bien cru que La Colique allait la prendre sur le coin du pif. On s'est regardés et on est allés dans la cuisine. J'ai dit que j'irais pas chez mes cousins de Gourdon, il a répondu que c'était hors de question et qu'on allait trouver une solution. De toute façon, si jamais l'Assistance publique revenait pour me coller dans un foyer, je m'enfuirais comme mon père. Après tout, peut-être qu'on avait ça dans le sang de se barrer et de plus donner de nouvelles. Mais ça m'arrangeait pas parce que j'aimais bien ma maison, j'aimais Jimino, et si Lanfrancki avait vraiment vu ma mère, c'était pas le moment de partir d'ici !

Le tableau de ma mère

Le samedi, il y avait une lettre pour moi dans la boîte. J'ai eu peur que ce soit déjà l'Assistance publique, mais non, c'était Hélène qui me donnait des nouvelles de Gavarnie. Kaminski était passé chef à la place de Tintouin et avait viré Patton et Cambouis pour les remplacer par des vrais instits. Justine, l'ancienne déportée qui finissait ses phrases en gueulant « enfoiré de Pétain », était morte au début du mois de mai. Tambouille avait failli y passer aussi, pas à cause de la tuberculose, mais d'une soupe qu'il avait préparée avec des plantes ramassées dans la montagne ; il avait tellement eu mal au bide que depuis, il bouffait rien en dehors de la cantine. Hélène avait aussi fait sa crise, moins forte que d'habitude, et Kaminski lui avait fait passer de nouveaux tests ; pour lui, elle était en train de guérir et peut-être qu'avant la fin de l'année, elle pourrait rentrer chez elle. En attendant, elle avait mis le grappin sur le fils du boulanger, ils avaient passé plusieurs après-midi à se rouler des galoches et elle l'avait même laissé glisser sa main sous son pull. C'est pas qu'elle avait des nénés, mais depuis le temps qu'elle lui courait après, elle avait voulu lui faire plaisir. Pour finir, ils avaient tendu une embuscade aux cons de Gavarnie et en avaient amoché quatre. Maintenant ils faisaient gaffe parce qu'ils se doutaient bien qu'il allait y avoir vengeance.

Ça me faisait plaisir d'avoir de ses nouvelles. À la fin de la lettre, elle disait que quelqu'un était venu demander si on m'avait envoyée dans un autre sana et que Kaminski lui avait dit que non, que j'étais rentrée chez moi. Elle savait pas qui c'était et donnait pas de précisions.

Avec Jimino, on est allés voir Martha pour lui expliquer ce qui me pendait au nez et on a cherché une solution. Elle non plus me voyait pas partir chez mes cousins de Gourdon, elle disait que c'était un vrai asile. Ce qui m'a surprise, c'est le moment où ils ont envisagé de revivre ensemble, quand Martha a dit que ce qui comptait avant tout pour l'Assistance publique, c'est qu'il y ait un couple à la maison, un substitut de père et de mère comme elle a appelé ça. Mais c'était vraiment en dernier recours parce que Mussolini et Ravachol sous le même toit, ça risquait de faire des étincelles. Ils ont un peu râlé sur mon père qui avait bien choisi son moment pour se tirer, et sur les rombières qui étaient derrière tout ça et qui allaient le payer. Ensuite, Jimino a voulu parler de ma mère, mais Martha a coupé court en disant que personne l'avait vue dans les parages à part un vieux poivrot. Elle a aussi dit que c'était pas après huit ans d'absence qu'on revenait s'occuper de sa fille de dix ans. Jimino lui a alors répondu que si elle avait jamais pardonné à ma mère d'être partie, c'était son problème et pas le mien, et que l'urgence, c'était de trouver une solution pour que je reste. Il a ajouté qu'il serait temps de mettre ses rancœurs dans sa poche et son mouchoir par-dessus, mais ça a pas eu l'air de la convaincre. En tout cas, j'ai compris que Martha aimait plus trop ma mère.

Quand elle a appris ce qui m'arrivait, Sarah a dit que je pouvais venir chez elle, seulement ça risquait de coincer vu qu'il y avait pas de mère non plus. On a fait le tour des copains qui avaient leurs deux parents, mais d'une, c'était pas dit que ça les emballerait de m'avoir chez eux, et de deux, je me voyais mal habiter à deux rues de chez moi. Elle a dit que c'était ça, l'administration, un tas de cons qui croient tout savoir et qui décident pour les autres. On s'est aussi dit que le piège à caca pourrait resservir pour La Colique, que ça lui apprendrait à faire sa Gestapo. N'empêche qu'à la fin, on avait pas plus de solution que Jimino et Martha, ce qui voulait dire que mes jours au village étaient comptés.

Le dimanche, ça s'est remis à chauffer à cause de la Duduc. La veille, des bonshommes avaient pas résisté à aller se faire reluire, comme disait la mère Beuzier. Phlegmon y avait croisé son fils et ils s'étaient engueulés comme des mabouls au point que Mme Ludwig avait dû les virer.

La bande à Ridel et les cocues se sont réunies chez Lapanolles, elles ont écrit une lettre au préfet et même une au ministre. S'ils étaient aussi efficaces que le maire, ça allait pas beaucoup changer, mais peut-être qu'à la fin, elles allaient vraiment foutre le feu au claque. J'en voyais bien cinq ou six capables de lancer la première bûche, après, les autres avaient plus qu'à suivre.

Le lundi, à l'école, j'ai fait tout comme si c'était la dernière fois. Je me suis assise à mon pupitre, j'ai sorti mes livres, planché sur un devoir de maths. Pareil à la récré, au foot et aux billes. Je regardais tout le monde en me disant que j'allais plus les revoir. Des fois, j'avais envie de chialer, mais ça sortait pas. Sarah m'a dit de pas m'inquiéter, que c'était pas encore fait que l'Assistance publique m'oblige à partir. J'avais envie de la croire, mais elle en savait pas plus que moi. Et surtout, elle avait pas vu la trogne de sadique de la mère Atolick. Ça m'aurait pas étonnée qu'elle soit cocue, celle-là !

À la maison, Jimino passait des coups de fil partout où il pouvait pour essayer de savoir où se trouvait mon père. Il avait aussi essayé de voir avec la Globule, qui avait sa fille qui vivait pas loin et qui aurait pu m'accueillir en attendant de trouver autre chose, seulement elle était enceinte jusqu'aux yeux et ils étaient déjà à l'étroit, avec son mari et leurs trois mômes.

C'est le lendemain que ma vie a basculé. À l'école, on a pas revu la Semoule. Pendant toute la matinée, on a pas su pourquoi, mais à midi, Rico est rentré chez lui et a entendu la rumeur. Une bonne femme était passée à la Duduc pour dire à sa mère qu'elle pouvait pas rester là, ou alors qu'on allait lui prendre son fils parce que c'était pas possible qu'il vive au milieu des putes. C'était forcément la Colique et ça venait aussi forcément de la bande à Ridel.

J'entendais les autres dire qu'on reverrait plus la Semoule, mais moi, je voyais qu'une chose, c'est que l'Assistance publique m'attendait à la maison. Avec Sarah, on s'est dit que le mieux, c'était que j'attende à l'école pendant qu'elle irait voir.

À quatre heures et demie, j'ai donc traîné dans la cour avec ceux qui restaient à l'étude. Je ratais tout à la balle au prisonnier parce que j'arrêtais pas de regarder vers le portail s'il y avait pas des gens qui auraient pu être des sbires de la Colique. J'attendais Sarah, mais c'est Lanfrancki qui s'est pointé. Il partait vers chez moi, mais quand il m'a vue, il s'est arrêté et m'a fait signe de venir. Ça voulait dire qu'il avait terminé le tableau de ma mère. J'ai laissé tomber les copains, j'ai ramassé mon sac et je suis allée le voir. J'ai dit bonjour, il m'a juste fait un signe de tête, comme si c'était pas important.

— Je ne sais pas si c'est un beau tableau, mais c'est ressemblant.

C'est tout ce qu'il m'a dit avant de tourner les talons. Il m'a pas demandé de le suivre, mais je l'ai fait quand même, et à sa démarche pas nette, j'ai compris qu'il avait picolé. Chez lui, le salon était en foutoir, des bouteilles vides traînaient par terre et ça sentait pas bon. J'ai aussi vu les deux fouines en train de pioncer en boule dans un fauteuil, elles ont à peine ouvert un œil quand on est entrés.

La toile était sur son chevalet à l'autre bout du salon. Je me souviens pas à quoi j'ai pensé, juste que j'avais le ventre ratatiné. Je suis arrivée devant le tableau, j'ai vu ma mère et j'ai éclaté en grosses larmes. Les fouines ont sauté du fauteuil.

— Bon Dieu de merde ! s'est affolé Lanfrancki, c'est rien qu'un tableau. Et pas le meilleur, en plus, faut pas te mettre dans des états pareils !

Il m'a prise par les épaules, a passé sa main dans mon dos comme pour frotter avec un gant de crin, et puis tout s'est arrêté, j'avais plus besoin de lui ni de son tableau. Ma mère, je savais qui c'était, je savais aussi où elle était. J'ai séché mes yeux avec ma manche, j'ai reniflé un bon coup et j'ai pris la main de Lanfrancki pour la serrer fort. Ensuite, j'ai attrapé mon sac et je suis sortie, j'avais huit ans d'absence à rattraper.

Sur le chemin, j'ai pensé aux premiers mots que j'allais lui dire, s'il fallait d'abord que je dise bonjour, si j'allais pouvoir la tutoyer tout de suite, et aussi à la tête qu'elle allait faire. Il y avait des chances pour qu'on se mette à chialer toutes les deux, vu que la dernière fois, c'est presque ce qui s'était passé. Sauf que moi, je savais pas que c'était ma mère. Pourquoi elle a rien dit, ce jour-là ? « Bonjour Hannah, je suis ta maman. » Mais c'était peut-être les mots les plus compliqués de la terre. Je l'aurais crue sans me poser de questions, après, je serais tombée dans les vapes, ça aurait fait deux mômes sur le carreau.

Je marchais sur le bord de la route et bizarrement, j'avais plus mal nulle part. Il faisait beau et chaud et je me suis dit que c'était le plus beau jour de l'année. Quand je suis entrée dans le parc de la Duduc, j'ai vu Mme Ludwig et deux de ses filles en train de tailler des rosiers. Ça faisait bizarre de les voir côte à côte, on aurait dit un éléphant à côté de deux gazelles.

Je me suis approchée, elles se sont retournées et les mots sont sortis sans que j'aie à réfléchir :

— Je viens voir ma mère.

Les deux gazelles ont fait des têtes de constipées et j'ai compris qu'il s'était passé quelque chose.

— Une femme est venue hier pour dire qu'elle ne pouvait pas rester, a dit Mme Ludwig. Elle est partie cet après-midi en laissant un mot pour nous remercier de l'avoir hébergée.

Je me suis répété plusieurs fois ce qu'elle avait dit pour bien comprendre et j'ai fait demi-tour. Je suis pas sûre d'avoir dit merci ou au revoir. Je crois qu'elle m'a encore parlé, mais c'est pas arrivé jusqu'à mon crâne. Jusqu'au village, j'ai marché sans rien entendre, sans rien voir. Devant mes yeux, j'avais le visage de ma mère, le jour du baseball, quand elle était sortie de nulle part pour ramasser la Semoule que j'avais tué. Si je devais plus la revoir pendant des années parce qu'elle s'était encore enfuie je sais pas où, je voulais imprimer ce souvenir au fond de ma mémoire.

Finalement, c'était peut-être le jour le plus pourri de l'année. Ou alors, c'était ça, ma vie. On me quittait sans se soucier du mal que ça faisait. J'avais un destin à la con, marqué quelque part dans un livre, et pas la gomme pour le changer.

Sarah m'attendait dans ma rue, assise sur le trottoir, le menton coincé dans les genoux. Elle avait sa tête de triste et a juste levé les yeux pour me dire qu'il fallait que je rentre chez moi. J'ai voulu m'arrêter, mais elle m'a fait signe de continuer mon chemin. J'ai obéi parce que je savais que je risquais plus de l'énerver qu'autre chose. Je suis arrivée devant la maison, j'ai ouvert la porte, ils étaient trois dans le salon : Jimino, ma mère et mon frère, deux valises à leurs pieds. Il a dû y avoir une explosion dans la galaxie parce que le temps s'est arrêté. C'est pas moi qui ai bougé la première, c'est ma mère. Elle a regardé Jimino, ils avaient l'air inquiets, je me suis dit qu'ils attendaient que je dise quelque chose.

— Je suis allée à la Duduc, vous étiez plus là.

Elle a pas compris parce que le vrai nom du claque, c'était l'Hôtel des Délices. Il a fallu que je dise autre chose pour avoir une réaction.

— Vous êtes ma mère et mon frère ?

Elle a mis sa main devant sa bouche pour retenir les sanglots, mais du coup, c'est moi qui ai explosé. La Semoule avait sa tête à pas savoir ce qu'il foutait là, ce qui voulait dire que ça faisait sûrement pas longtemps qu'il était au courant que j'étais sa sœur. Ma mère s'est approchée et a posé ses mains sur mes joues pour éponger :

— Pardon de t'avoir abandonnée, Hannah. Pardon, pardon, pardon, pardon, pardon...

Elle aurait pu continuer jusqu'à la saint-glinglin, mais je l'ai attrapée à la taille pour la serrer aussi fort que je pouvais. Elle s'est agenouillée pour se retrouver à la même hauteur que moi, on s'est enfoui nos têtes dans nos cous pour pleurer tout ce qu'on savait. Je sais pas si c'est possible, huit ans après, mais j'ai eu l'impression de reconnaître son odeur. Ses larmes coulaient sur mes joues, je fermais les yeux quand elle me couvrait de baisers et je les rouvrais pour la regarder. À la fin, on était trempées et brûlantes comme si on avait quarante de fièvre. J'avais pas envie de la lâcher, elle non plus, mais on pouvait pas rester comme ça, avec Jimino et la Semoule qui devaient trouver le temps long. Elle a fait signe à mon frère d'approcher, elle nous a serrés tous les deux, on a repleuré, cette fois en silence. Ça devait lui faire quelque chose d'avoir ses deux gosses tout contre elle pour la première fois.

— On a décidé avec ta maman que vous alliez vivre ici, a dit Jimino. La maison est grande, on n'aura pas besoin de se serrer.

Il a souri, mais j'ai vu ses yeux qui clignotaient, ce qui voulait dire que les larmes étaient pas loin. Il s'est levé pour prendre les valises, on est montés à l'étage et la vie est repartie de zéro. J'allais bientôt avoir onze ans.

1974

À partir de ce jour-là, je n'ai plus jamais appelé mon frère la Semoule, mais Antoine. Il s'appelait Keller et moi Saumur, on était frère et sœur. Je n'ai jamais dit demi-frère, ça n'avait pas de sens pour moi, d'autant que la vie m'avait privée de ses six premières années. Ç'a été facile avec lui, sûrement parce qu'on se connaissait déjà depuis plusieurs semaines. Ç'a été plus compliqué avec ma mère.

Quand elle m'a quittée, elle avait vingt-quatre ans. Je savais pourquoi elle était partie, mais j'ignorais tout ce qu'elle avait fait les années qui ont suivi. Je lui ai fait raconter jusqu'aux moindres détails, j'étais gourmande de son histoire. Elle aussi avait besoin de tout savoir sur moi. Les gouffres de nos mémoires se sont peu à peu remplis, c'était vital si l'on voulait construire nos vies ensemble.

En octobre 1952, Elsa Kellermann n'avait qu'un sac de voyage pour tout bagage. Elle était dépressive, songeait au suicide, mais avait fini par se convaincre qu'elle n'avait pas survécu à la barbarie nazie pour se jeter sous un train. Elle avait préféré monter dans le premier qu'elle avait trouvé à Brive. Cinq heures plus tard, elle était à Bordeaux. Elle avait pleuré tous les jours pendant deux ans, ravagée à l'idée de m'avoir abandonnée. Jusqu'en janvier 1954, elle avait vécu dans une chambre de bonne, à repasser du linge et rapiécer de vieux vêtements, sans pratiquement jamais sortir. En mars, un soir de déprime, elle était allée se saouler dans un bar et avait croisé la route d'un marin de passage. Quelques semaines plus tard, comprenant qu'elle était enceinte, il n'était plus question de vivre dans un taudis à se faire exploiter. Un autre train l'avait cette fois menée à La Rochelle. Pendant le trajet, elle s'était juré qu'on ne la traiterait plus jamais ni de Boche ni de juive. Elle avait changé son nom de Kellermann en Keller et s'était appliquée à gommer son accent germanique. Antoine était né neuf mois plus tard. Pendant huit ans, elle avait reconstruit sa vie. D'abord petite main dans un atelier de confection, un couturier l'avait repérée pour la former à l'art de la broderie de luxe. Mais si le confort s'améliorait, elle ne s'était jamais sentie heureuse. Le souvenir d'une petite fille qui grandissait loin d'elle la hantait. En août 1960, l'entreprise qui l'employait partait s'installer à Paris. Si elle acceptait, elle savait qu'elle ne reviendrait jamais à La Chapelle-Meyniac. Elle avait alors démissionné et, début septembre, avait repris le train pour Sarlat. Quelques jours plus tard, un taxi traversait La Chapelle-Meyniac. Elle était à l'intérieur, cachée derrière un foulard et des lunettes de soleil. Lorsqu'elle avait appris que j'étais au sana, elle avait refait ses valises et pris deux billets pour les

Pyrénées. Avec ses économies, elle avait loué un meublé à Luz-Saint-Sauveur, à une quinzaine de kilomètres de Gavarnie. Là, elle avait trouvé une place en CP pour Antoine. Plusieurs fois, elle était montée au sana par le bus, plusieurs fois elle m'avait vue en train de jouer avec les copains, mais jamais elle n'avait osé se montrer. Elle avait trop souvent fait ce cauchemar, moi lui hurlant au visage qu'on n'abandonnait pas son enfant. Jusqu'au jour où elle ne m'avait plus vue. Elle était allée demander à Kaminski pourquoi je n'étais plus là, s'attendant au pire, il l'avait rassurée en lui disant que j'étais simplement rentrée chez moi. C'était au début du mois d'avril 1961. De nouveau, elle avait tout plaqué, mais une nouvelle difficulté s'était dressée devant elle : elle avait dépensé tout son argent et l'hôtel était trop cher. En entendant parler du claque et de Mme Ludwig, elle s'était dit qu'elle pouvait tenter sa chance. La suite, je la connaissais. Elle se cachait dans une chambre du dernier étage et sortait la nuit pour grappiller une image de moi. Elle payait le gîte et le couvert en reprisant les robes des filles ou en confectionnant des accessoires en dentelle. La première fois où elle s'était décidée à venir me dire qu'elle était ma mère, c'était le jour du baseball, mais les mots étaient restés coincés dans sa gorge. Il lui avait fallu plusieurs jours pour trouver le courage de remettre le nez dehors. Elle en avait parlé à Mme Ludwig qui lui avait dit qu'un jour, elle se sentirait prête et ne se poserait plus de questions. Ce jour, c'était le lendemain du passage de Mme Atolick, elle n'avait plus rien à perdre.

Au village, tout le monde a su que la Boche était de retour, mais ma mère a pris les devants. Le lendemain de notre installation à la maison, elle est venue nous chercher, Antoine et moi, à la sortie de l'école, et nous a emmenés dans la classe de Lapanolles. Je ne sais pas si elle avait préparé son coup, mais les mots ont fusé comme des couteaux, dans un français impeccable.

— Vous me reconnaissez, madame Lapanolles, je suis Elsa Kellermann, la maman d'Hannah et d'Antoine. Il y a huit ans, vous vous êtes permis de me traiter de Boche, de juive, et de faire circuler des rumeurs odieuses sur moi et ma fille. Si l'envie vous reprend de vous attaquer à moi ou à l'un de mes enfants, si vous nous manquez une seule fois de respect, je ferai de votre vie un enfer, et croyez-moi, je sais de quoi je parle. Regardez-moi bien dans les yeux, madame l'institutrice, je suis une femme qui a souffert à cause des nazis et une mère qui a souffert à cause de vous. Ce temps-là est terminé, est-ce que c'est bien entré dans votre crâne ?

C'est la première fois que j'ai vu la mère Lapanolles blêmir. Je crois qu'elle a vraiment eu peur, elle a bafouillé qu'elle n'était pas la seule à lui avoir fait du mal, une excuse minable qui ne me surprenait pas. Ma mère nous a ensuite emmenés voir toute la bande, avec à chaque fois la même détermination et le même regard volcanique.

Quand nous sommes rentrés à la maison, Jimino nous a servi des sirops et a sorti un jeu de belote. Ma mère en avait terminé avec ses démons, ou du moins les tenait-elle désormais en laisse. Jimino a fait équipe avec Antoine, ils nous ont battues en trichant.

À la fin de la semaine, Mme Atolick est revenue frapper à la porte. Trois hommes attendaient dans la rue, je n'ai jamais su s'ils étaient de l'Assistance publique ou des flics en civil. Quand elle a lu le livret de famille et compris qu'elle ne pouvait plus rien contre nous, elle a eu des tics au coin de la bouche, comme un chat à qui l'on retire la proie qu'il vient de chasser. Jimino et moi lui avons fait un bras d'honneur, elle a levé les yeux au ciel et n'a plus remis les pieds chez nous.

À l'école, j'ai dû expliquer vingt fois pourquoi ma mère était revenue et au moins autant qu'elle n'avait jamais été pute. Pendant un temps, on m'a traitée de Boche, mais ça ne me faisait rien. Une fois, dans mon dos, j'ai entendu quelqu'un m'appeler fille de pute ; je me suis retournée, mais personne n'a osé le répéter. Ce n'est plus jamais arrivé. Les seuls vrais problèmes relationnels que j'ai connus sont venus de Sarah. Elle m'en voulait d'avoir retrouvé ma mère, c'était compréhensible, je ne lui en ai jamais tenu rigueur. Un jour, elle est venue me dire qu'elle était contente pour moi, on n'en a plus reparlé.

Au village, les gens ont éprouvé le besoin de parler de ma mère, certains l'ont appelée « la revenante », il y a eu un temps où on l'a regardée avec curiosité, mais personne n'a osé lui manquer de respect. On la saluait même dans la rue, des mamans lui parlaient à la sortie de l'école, on lui souriait dans les magasins. Je ne crois pas que ce soit le fait des menaces qu'elle avait proférées à l'encontre de Ridel et de sa bande, mais plutôt qu'on était en 61 et que le sentiment anti-allemand était moins fort. Pour autant, si elle avait été algérienne, je ne dirais pas qu'elle aurait pu vivre à La Chapelle-Meyniac en toute quiétude. Elsa Keller, née Kellermann, était blanche et parlait un français sans accent, c'est tout ce qu'on lui demandait.

De leur côté, les rombières avaient d'autres chats à fouetter avec la maison close de Mme Ludwig. Elles ont tout fait pour obtenir sa fermeture, mais ont fini par s'épuiser devant l'inertie des pouvoirs publics. Il faut dire qu'outre le maire, bon nombre de notables de la région allaient s'y encanailler, parmi eux le préfet, de hauts fonctionnaires de passage, et même deux ou trois ministres qui avaient eu vent de la qualité du service de l'Hôtel des Délices.

En septembre 1961, je suis allée au collège à Sarlat, avec tous les copains de la classe de M. Lioret. Antoine est entré en CE 1 à l'école primaire d'à côté, il était hors de question qu'il fasse une année de plus avec Lapanolles. Nous avons vécu alors avec Jimino comme une vraie famille. Au mois de juin de l'année suivante, Eichmann a été exécuté à la prison de Jérusalem ; le mois suivant, l'Indépendance de l'Algérie était signée, trois mois après les accords d'Évian. Mon père est revenu quelques semaines plus tard chercher des affaires. Il nous a vus tous les quatre dans le salon, s'est arrêté un instant sur ma mère et Antoine, puis a dit que c'était mieux comme ça. Il est reparti comme il était venu, je ne l'ai jamais revu, pas même à mon mariage.

1974

C'est Jimino qui m'a menée à l'autel. C'était la première fois que je le voyais en costume, tout comme Néné, la Globule et les autres. Il était fier comme un pape, c'était il y a six mois, j'étais enceinte. Antoine était là, avec sa fiancée. Il entre à La Sorbonne en septembre. C'est ma mère qui a brodé ma robe, elle y a passé des semaines. J'ai aujourd'hui vingt-quatre ans et suis agrégée d'histoire. Forcément, pour en arriver là, j'ai dû soigner mon français, ce qui n'a pas été une mince affaire. Mon argot naturel réapparaît dès que je m'emballe, mais personne ne m'en tient rigueur.

J'ai une grande nostalgie pour ce printemps 61, pour mon histoire personnelle, ancrée dans la Grande Histoire. Depuis le jour où j'ai quitté Gavarnie, je n'ai pas oublié un détail. Savoir d'où l'on vient pour savoir où l'on va. Quoi qu'il arrive, quelles que soient les difficultés, je me suis fait la promesse de ne jamais rien cacher à l'enfant que je vais mettre au monde, ni à ceux qui suivront, parce que la vie se construit sur des réalités, aussi dures soient-elles, et non sur des mensonges. Et si ça sonne comme un conseil de vieux con, franchement, je m'en fous, c'est ma vie, j'en tire les conclusions que je veux !

La photocomposition de cet ouvrage
a été réalisée par
GRAPHIC HAINAUT
59163 Condé-sur-l'Escaut

Cet ouvrage a été imprimé
en février 2014 par

CPI

FIRMIN-DIDOT

27650 Mesnil-sur-l'Estrée
N° d'édition : 53470/01
N° d'impression : 120800
Dépôt légal : mars 2014

Imprimé en France